爱不到你算我输

安晴 著

天津出版传媒集团
天津人民出版社

图书在版编目（CIP）数据

爱不到你算我输 / 安晴著. -- 天津 : 天津人民出版社, 2018.1
ISBN 978-7-201-12813-9

Ⅰ. ①爱… Ⅱ. ①安… Ⅲ. ①中篇小说 - 中国 - 当代
Ⅳ. ①I247.5

中国版本图书馆CIP数据核字(2017)第316186号

爱不到你算我输
AI BU DAO NI SUAN WO SHU

出　　版　天津人民出版社
出 版 人　黄　沛
地　　址　天津市和平区西康路35号康岳大厦
邮政编码　300051
邮购电话　（022）23332469
网　　址　http: //www.tjrmcbs.com
电子信箱　tjrmcbs@126.com

责任编辑　玮丽斯
策划编辑　张　凤　王　霞　杨　秀
装帧设计　杨思慧

制版印刷　湖南凌宇纸品有限公司
经　　销　新华书店
开　　本　880×1230毫米　1/32
印　　张　8.5
字　　数　145千字
版权印次　2018年1月第1版　2018年1月第1次印刷
定　　价　29.80元

目录

目 录

第一章

他的初吻竟给了一个女变态

十二月的风夹着雪，低声的呼啸着，穿行在城市之中。

街道上的路灯忽明忽暗地闪着，在垂死挣扎了片刻后终于完全熄灭。

城市的夜里，有些地方热闹，有些地方冷清。而在冷清的某一处街角，一名戴着卡通毛绒帽子，穿着厚厚毛大衣的女生正在墙边贴告示。

因为找不到糨糊和胶水，她只能用仅剩的一截透明胶，将一张写着合租的告示勉强贴在自家楼下的墙上。

那是一栋灰色墙砖的复式别墅，别墅建立的年代似乎有些久远，看上去有些旧。

别墅伫立的位置距离市中心有半个多小时的车程，所以周围并没有商业街和繁华的闹市。

地铁站的标志在不远处孤零零地立着，闪着霓虹灯的公司也在周围密布。

贴告示的女生叫严沫，前几天刚和闺蜜瑶瑶一起过完二十四岁生日，即将跨入大龄剩女的行列。因为家里实在是揭不开锅了，所以她只能打起合租的主意。

“希望是个美少年！”严沫马马虎虎地贴完告示之后，也不检查一下便转身离开了。

一阵风吹过，用透明胶勉强固定的告示轻而易举地被风掀走，恰巧盖在从地铁站迎面走出来的顾天海脸上。

顾天海拖着行李箱，借助地铁站口投射出来的灯光，仔细阅读着字迹潦草的合租告示。

粗心的房东连电话号码都没有留下来，只写了地址门牌号码和价格。

在这种物价横飞的大城市来说，一个月五百元的房租是天上掉馅饼了。

出租房是一栋别墅，环境应该不会太差，距离离实习公司也不远，顾天海觉得可以考虑。于是，他拉了拉卫衣的帽子，拖着行李箱，寻着告示的地址走去……

屁颠屁颠地跑回自己房间的严沫快速地钻进被窝里，像坐在炕上的东北人一样，将被子从头裹到脚。

今年的冬天来得太早，窗外的世界给人一种北风萧萧、雪花飘飘的感觉，清冷又寂静。

清冷的夜里容易胡思乱想，还是喝点啤酒助睡眠吧。

这样想着，严沫麻利地从被子里钻了出来，在开着暖气的屋内穿梭。

地上的锅碗瓢盆凌乱摆放着，一些拆了包装的过期食品堆在换下的衣服和袜子里，还有许多空的快递纸箱被随手扔在地上。

严沫行走在自己家，犹如穿山越岭。

好不容易到了厨房，又差点被地上的抱枕绊倒。她打开冰箱看了看，随即将最后四支啤酒取出来，放在温水中浸泡着，等待它们回温。

“希望能快点有人来合租，不然下个月的水电费都交不起了……”严沫呢喃着，并提着回温的啤酒回到自己乱七八糟的房间。她拉开电脑桌前的座椅后，将啤酒往桌上一放，豪迈地独酌起来。

醉意有些上来的时候，她的视线转向电脑上堆积着的画稿。打开着的笔记本电脑保持着开机的状态，页面显示是邮箱，邮箱满满的都是标题为退稿通知的邮件。

作为一个漫画作者，三天两头被退稿，也是人生一大失败。

严沫深深地叹了一口气，如果不是实在没钱生活，她也不会想到合租。

三天前——

作为一个毕业了两年的美院本科大学生，因为不想出去面对社会而将自己关在这两百平方米的别墅里。

她想成为热销漫画家，这是她的梦想，于是严沫每天埋头绘画，给不同的漫画出版社投稿。

而两年来，她始终是一个低名气作者，作品的数量也是屈指可数。

因为画风不符合市场需求，给她退稿的漫画出版社越来越多，就连负责她的编辑也对她发脾气。

“你就不能画一些符合市场需求的东西？别总是给我画一些奇怪的东西出来，你看看你，都两年了，才发行了一本书……这剧情那么多漏洞，你当我是弱智吗？当读者是弱智吗……”

责任编辑的训叨声在严沫耳边盘旋着，她坐在电脑桌前，看着被退的画稿，以及还没完成的结局，心里万念俱灰。

这是她今年第三十次被退稿，除了退稿就是拖稿，所以每次打开聊天窗口，都是编辑训叨的话语。

也对，遇上一个总是交不出作品的作者，编辑也是头疼。

但是两年前的她，不是这样的。

两年前，她沉浸在爱情的甜蜜中，对生活和梦想都有着美好的憧憬和向往。直到交往了三年的男朋友决定出国留学。

“严沫，你等我，等我回来，我们就结婚，我会让你成为这个世界上最快乐的新娘。”那是李昊临行前对她说的最后一句话，她把这句话刻在心里，等着这个承诺。

可承诺这种东西，说的时候海誓山盟，真要付诸行动的时候，却是难过登天。

爱情有时候就像是海面上的泡沫，它可以在阳光下折射出五彩的光辉，也可以被风吹散，消失在茫茫大海。

李昊也许就是严沫生命中的泡沫，曾经五彩斑斓，转眼却消失在了风中。

曾经说好的承诺和约定，换来的是永远的电话忙音，以及——那句冰冷的“你所拨打的号码是空号。”

严沫有时候觉得自己不过是在浪费生命，交往三年的男友就像人间蒸发一样，至今杳无音讯。

为了消磨这份痛楚，她夜以继日地画着无法发行的漫画，被所有人劝着改行。

或许就如传言的那样，李昊喜欢了别的女生，抛弃她了。而她，也被上天抛弃了，做不好任何事情，像社会的蛆虫，腐烂在这里。

“明明早就失恋了，却还没有把生活的重心落在奋斗上。”严沫望着电脑的聊天窗口，编辑的退稿评价让她感到生无可恋。不管做什么都一团糟的她，究竟是为了什么活到二十四岁？

严沫越想越觉得自己失败，于是打电话给刚下班的瑶瑶，约了她到大排档喝啤酒，解千愁。

“我想我应该是这个世界上最失败的人了，失恋，失业，做什么都不得意，生活也一团糟，我活在这个世界上的意义到底是什么啊……”严沫边灌啤酒边跟瑶瑶诉苦，张着大嘴哇哇大哭，却始终没有掉眼泪。

“看你光打雷不下雨的，我都不知道该不该给你递纸巾。”瑶瑶看着发出哭声却始终没有眼泪滴下来的严沫，扶额叹息，“你被退稿已经是司空见惯的事情了，让你改行又不肯，我看你现在钱包里也没钱了吧。”

提到钱，严沫“啪”的一下将口袋里的钱包掏出来：“最后五十元，等会儿你记得结账。”严沫说完又继续举杯畅饮，哭诉自己悲惨的人生。

瑶瑶低眸看了看严沫的钱包，以及一桌子的炒菜。半个小时前严沫说请她吃饭，她才兴致勃勃地赶来。瑶瑶再次扶额长叹，突然觉得自己才是生无可恋的那一位。

“你家房子那么大，不如找几个人合租吧，这样可以收点租金，解燃眉之急。”瑶瑶的提议给严沫提了个醒。

她怎么就没想过自己当房东收租金维持生计？这真是个好主意，这样她就可以继续无忧无虑地画漫画了！

“瑶瑶，我爱你，我先走了！”

就这样，严沫花了三天时间，写好了合租告示并贴在了楼下。她在日光灯下祈祷合租的人最好是美少年、美少女。

门铃突然响起，抱着动漫抱枕的严沫从被窝里钻出来，急忙套上毛绒脱鞋下楼开门。

“请问，是这里出租房屋吗？单间一个月租金五百？”站在门口的是一名面容清秀的少年，他拖着黑色的行李箱，一身藏青色的卫衣，浅褐色的碎发上沾着一点白雪。他拿着那张字迹潦草的告示，微微低头看着打扮奇怪的严沫。

而严沫正用一种让人难以形容的表情看着他，就像是饥饿了很久的野兽，没等他回过神来，严沫已经一把将他拽进了屋内。

阳光透过被风吹拂的窗帘落了一地。

第一章
他的初吻竟给了一个女变态

刺眼的感觉逼迫严沫睁开眼皮，她不知道自己是什么时候睡着的，只觉得身上有些沉。为了避开窗外投射进来的阳光，严沫朝反方向翻了个身。一张放大的脸落入她的瞳孔。

面前的少年均匀地呼吸着。他柔软的褐色碎发安恬地轻贴着侧脸，自然地落在枕上。此刻，少年的手搭在严沫腰侧，毫无防备地熟睡着。

“美少年啊？真好，能在梦里和美少年同床共枕。”严沫幸福地笑着，以为自己还在梦中。直到顾天海不安分的手往上移了一下，触碰到了她的胸。那真实的触感让她突然意识到——这不是梦！

“啊——色狼！”一声尖叫震动了整栋别墅，伴随着尖叫声响起的，还有一声“轰”的巨响。将顾天海一脚踹下床的严沫拽过被子，一脸良家妇女被人凌辱的表情。

“好痛啊。”被踹醒的顾天海有些茫然，他揉着后脑勺，望着手举棒球棍的严沫，倒吸了一口气。

他急忙解释是严沫昨晚拽他进来，又被强行灌醉了，并表示自己醉过去之后便不省人事，肯定没有对她做什么奇怪的事情。

“你别误会，我是看到告示来租房的，然后被你灌醉了，之后的事情我就不记得了。”顾天海满脸委屈，而严沫在看到桌上已经画押的租房合同后，渐渐地想起了昨晚的事情——

“欢迎合租，为了表示我对你的欢迎，来，我们先干一杯！”拖着行李箱的顾天海被一身酒气的房东拽进屋内后，闻到一股奇怪的酸臭味。

他环顾周围，屋内乱七八糟的，先前对别墅抱有的美好期待全都化为灰烬。满地都是揉成一团的草稿纸，各种颜色的颜料染在沙发和窗帘上，臭袜子被丢在客厅，打开的包装食品几乎存在于每个角落。这样的画面，让顾天海深深地怀疑自己是不是走错地方了。

“不好意思，我走错地方了。”顾天海拖着行李箱转身朝着大门的方向走去，而严沫已经倒了两杯二锅头，“嗖”地一下窜到门后。

到嘴的鸭子她怎么可以放飞？好不容易盼来了一个美少年租客，怎么也得先把合同签下来！

在严沫的各种威逼利诱下，顾天海喝下了那杯二锅头。而不胜酒力的他灵魂飘离身体，往后一栽，落在满地杂物的地板上，醉了过去。

严沫动作迅速地拿出租房合同，给他画押，再后来，严沫怕新来的租客躺在地板上会着凉，于是用了“洪荒之力”将他扛去了自己的“闺房”。给租客盖好被子之后，严沫也体力透支地倒头睡过去了……

解除误会之后，顾天海打算离开这里，就算很便宜，也不想租这么杂乱的地方。而且还有一个十分奇怪的女房东。

“你昨天可是签了合同的，你现在走就算违约，三个月的租金也要给我。”严沫以大鹏展翅的姿势拦截在顾天海面前，她出示那份已经画押的合同，然后摊开手要钱。

顾天海眼角微微抽搐，内心感叹自己倒霉。既然要给三个月的房租，不如勉强住三个月再走吧，三个月应该很快会过去的。

“哎，算了，请问我的房间在哪里？”

“我的房间对面就是你的房间了，左边是浴室，右边是厕所。”严沫露出胜利的笑容，看着美少年无奈地拖着行李箱走出自己的房间。

上天果然还是眷顾她的，安排了一名美少年给她，相信以后她一定会灵感爆满，成为畅销漫画作者！

严沫还在窃笑时，屋内又传出一阵巨响。拖着行李箱的顾天海滑倒在一堆杂物中，他缓缓地从乱七八糟的杂物堆中爬起来，眼神阴郁地低头，看着从他的脚下窜过去的七彩老鼠，以及正在操练的蟑螂和蚂蚁军团。

“请问，这些都是什么……”顾天海一脸石化的表情，他指着地上那群和谐相处的小动物，这一刻，他确定以及肯定，这是他有生之年，见过的最乱、最脏的女生住所！

“哦，那是小白，我养的小仓鼠，因为懒得喂养，就选择了放养。还有那群，是小白的玩伴，你当没看到就好了，我相信你们也能和谐共处的。”严沫一脸自豪的表情，随即捧着脸羞答答地说，“你看小白多可爱，白白胖胖的……”

顾天海看着那只已经看不出颜色的仓鼠，浑身僵硬，内心崩溃地咆哮着：谁要跟它们和谐共处啊！

顾天海打开自己房间的门时，一股恶臭迎面扑来。他传说中的房间整齐地摆放着一袋袋的生活垃圾，各式各样，应有尽有。一些已经发臭的快餐剩饭上面飞满了苍蝇，画面十分的恶心。那一瞬间，顾天海觉得自己是进入了火葬场。

“我想，我应该是在做噩梦，醒来就好了。”不能接受现实的顾天海站在门口，闭着眼睛念叨了片刻。当严沫拍着他的后背，问他在干什么的时候，他确定了自己不是在做噩梦，而是真的摊上了一个生活不能自理的女房东！

“你家的扫把和铲子在哪里？给我拿过来！”顾天海实在不

能忍受要住在垃圾堆里，他今天一定要将这栋复式别墅里里外外都打扫干净！绝对不要为了低价房租而委曲求全！

“我家没有这种东西。”严沫认真思考着，随后，不知道从哪堆杂物里面找出了一把迷你鸡毛扫。

“谁要这种没有用的东西！”顾天海直接甩开了那没有他手臂长的鸡毛扫，向来脾气温和的顾天海面对这山堆般的垃圾实在有些暴躁。

这个世界上怎么会有这么邋遢的女生！

对这样的女房东，没辙的顾天海只好发挥起洁癖症患者强大的意志力，徒手将屋内的垃圾分门别类地装袋，准备来场史无前例的大扫除。而懒惰成性的严沫蹑手蹑脚地从他身后走过，想趁机远离这场灾难。

然而，眼睛犀利的顾天海睨了过去，把她叫住。

“房东小姐，你是打算去哪里？”

“我去看看楼下有没有扫把卖，给你买几把回来。”严沫讷讷地笑着。她看到顾天海将地上的内衣捡起来审视了一下，急忙夺步上前将内衣藏到自己身后，脸上露出尴尬的笑意。

“不需要了！你给我过来一起收拾！”顾天海看着坟场一般的大厅，握紧拳头，严沫仿佛能看到他额头上浮现的“红色十字路口”。

两年没有搞过卫生的严沫开始将地上的内衣和臭袜子捡起来，和沙发上堆满的衣服一起丢进篮子里，准备做清洗工作。

当顾天海将整理好的十几袋垃圾依次扛到屋外的垃圾回收站内后，原本白净的脸被满屋子的垃圾熏陶得乌漆墨黑。准备回去继续奋战的他瞄到了附近有小卖部，于是他走了进去买了一些清洁工具。

“我到底是在干吗？明明只是想租个靠近实习公司的房子，结果还这样折腾……”顾天海不由得叹气，心里暗想着，并一边扫地一边监督严沫收拾杂物。

身后的严沫正在分辨地上的衣服和袜子的干净程度，臭的丢一堆，不臭的丢一堆。而这一举动被顾天海看到后——

“不准分类，给我都拿去洗衣机洗！”

被顾天海这样一吼，严沫迅速地将地上的一堆衣服抱起来，飞奔向洗衣机。

半晌，跑调的日语歌曲从阳台传出来，唱歌的人是守着洗衣机的严沫。她匍匐在阳台的围栏上，眺望远处的风景，似乎除了收拾衣物去洗便没有别的工作了。

“严沫小姐，从你洗衣服开始，我就没再见过小白。请问，你是顺手把它也丢进洗衣机了吗？”

将蟑螂和蚂蚁军团清理掉的顾天海在屋子里找了一圈，都没有看到小白。而洗衣机里传出来的奇怪声音不由得引起了他的注意，他顺着滚筒洗衣机的透视玻璃望去，一只被洗干净的小白鼠正随着衣服一圈圈搅拌着。

“啊！我的小白！”

严沫反应过来时，滚筒洗衣机已经不能停止运转。她用了各种方法，不管是敲还是砸，都打不开滚筒洗衣机的盖子。

半个小时候后——

楼下院子的榕树下伫立着两名头束白布条的青年，女青年正悲怆地哭号着，而男青年一脸僵硬，看着女青年哭天抢地的模样，十分浮夸，就好像她是从漫画世界里走出来的女生一样。

严沫将已经死亡的小白埋在了榕树下，并点了一根白蜡烛在旁边，以表哀悼。受到连带责任的顾天海也做了一个哀悼的手势，心里却为这小白鼠早日脱离苦海而感到庆幸。

“小白，下辈子你一定要投胎做一只幸福的小白鼠，嘤嘤嘤……”严沫手绘了一张小白的肖像画，贴在榕树上，继续为那已逝的生命感到悲伤。而这悲伤在一阵咕噜咕噜声传出来之后，化成了赤裸裸的尴尬。

顾天海顺着声音的发源处望去，严沫鼓着腮帮摸着滴水未进的肚子，一脸没吃早餐饿扁了的表情。顾天海无奈地叹了一口气，转身回了屋内。而严沫继续蹲在原地守着她的小白。

十几分钟后，一阵鸡蛋炒饭的香味洋溢出来，香味飘在院子里，飘进严沫的鼻间。

“好香啊！”

严沫用力地嗅着炒饭的香味，似乎要将这些味道都吸收到身体里。她顺着香味寻到了自家的大厅，经过一番大扫除的大厅每一处都锃锃发亮，和昨晚比起来，简直是天壤之别。

“冰箱里只有鸡蛋，所以只能做一个简单的蛋炒饭了。还有，厨房的米缸里已经没有米了……”

厨房内的顾天海站在洗碗池边洗手，当他解开围裙往后转身的时候，严沫已经狼吞虎咽地吃完了一大碗蛋炒饭。

顾天海看着她满脸的饭粒有些震惊，感觉她就像被流放来的难民。

“我还要！”严沫一边嚼着嘴里的炒饭，一边端着碟子蹭到顾天海面前，像一只可爱的宠物。

“你刚才真的有在听我说话吗……”顾天海扶额叹气，随即打开她空空荡荡的冰箱和米缸，“没有材料可以再做炒饭了。”

“那……”严沫的注意力转移到桌上另一碗炒饭上。

“一人一碗，不准打我的炒饭的主意！”顾天海不慌不忙地坐到桌边，细嚼慢咽，和严沫的狼吞虎咽完全是两个风格。

“好久没有吃过住家饭了，想想以后每天都可以吃到新鲜美味的食物，就好开心！”严沫一边将脸上的饭粒捡到嘴里，一边陷入美好的想象当中。

而顾天海越听越觉得不对劲，这家伙的意思，该不会是打算以后都让他承包做饭这件事吧？

“房东小姐，你该不会以为以后我会给你做饭吃吧？”

“反正你也要吃饭的嘛，做多做少都是做嘛，对不对？”

严沫眨巴着期待的眼眸，她那像宠物一般的表情让顾天海没法拒绝。

“我可是刚毕业的实习生，可不想在吃饭上花太多钱……”

“给你免一个月的房租怎么样？”

严沫坏笑着，开出条件。这样的条件对于没什么经济来源的顾天海而言，诱惑还是比较大的。

“成交！”

“对了，我们好像还没有相互认识。我叫严沫，毕业后一直在家里画漫画，没什么兴趣爱好，就是懒。”严沫很随性地说着，并用衣袖将唇角的油渍擦拭干净。

“你爸妈呢？”顾天海环顾了别墅一周，总觉得一个女生住这么大的房子有些奇怪。

“他们说要在耄耋之年前把地球都浏览一遍，于是就丢下我去环游世界，除了偶尔打电话回来，问一下我的情况之外，其他时间几乎是没有音讯。”严沫叹气道，也因为有这样的父母，她过得十分自由。

“我叫顾天海，是天美美院大学的大三学生，现在在这附近的公司实习，明年才能拿毕业证。”

“原来是师弟啊，我可是比你早两年毕业的师姐哟，看来你遇上我是缘分，哈哈哈，小鬼头，接下来的时间，可得好好相处……”严沫没心没肺的笑让顾天海一头冷汗，总觉得自己迟早会被这个女魔头吃干抹净。

自从家里来了一名小师弟后，严沫每天都觉得家里在放光。

脏掉的衣服袜子每天都会整齐地挂在晾衣架上，地板每天都是纤尘不染，沾满颜料的墙壁也被重新粉刷了一遍。严沫觉得自己家就像被翻新了般，每一次呼吸都变得清新无比。

自从顾天海来了之后，严沫觉得自己离衣食无忧的生活越来越近了。而和严沫有着相反的心情的顾天海，正在房间内整理实习的资料。

从小就被灌输要爱干净的思想的他不能忍受居住的地方很脏，也不能忍受屋内洋溢着泡面的味道。

他每天下班都回去超市买一些食材放在冰箱里，早上起床后做好早餐和午餐再出门。下班回来，又要接着搞清洁、做饭，像一个保姆一样照料着生活不能自理的女房东。

虽然说免一个月的租金听着挺划算，但实际上付出的劳动远远超过了那一个月的房租。

顾天海之所以要准备好早餐和午餐再出门，是有原因的。

那是他和严沫合租的第三个晚上，在他入睡的时候，他的房间传来了开锁的声音。他在黑暗中依稀看见有人正在翻他的书包，窸窸窣窣的声音扰乱了他的睡眠。原本以为屋里进贼，可坐起来开灯之后——

灯光落在他的书桌前，一名穿着“比卡丘”连体睡衣的女生正在拆他放在桌上的方包包装袋，那女生的嘴里叼着一块面包正在嚼。她眨巴着眼睛，看着突然醒过来并开灯看着自己的顾天海。然后僵尸般地抬起双手，假装梦游的游离了他的房间。

顾天海看着她十分违和的表演，失眠了一夜——她一定是看到了他提着面包回房间才会摸索过来的！

在那之后，顾天海再也不敢把食物藏在自己的卧室，因为这个行为怪异的女房东会乱到别人的房间翻东西吃！

“我究竟是来当保姆的还是来租房的？哎！”顾天海又不由得感慨起来，他正在分类建筑的设计图和一些文案。

笃笃的敲门声响起，他还没同意对方进来，对方就拧开了门把手。

“小海君，你睡了没有？我可以进来吗？”严沫卖萌地眨巴着眼睛，笑得一脸猥琐。

顾天海住进来之后，一直觉得严沫好像误会了什么，她总是用奇怪的笑容看着他，并问些奇奇怪怪的问题。

“没同意你进来，关门，出去。”正在认真工作的顾天海无奈地叹了一口气。

严沫眼睛大肆放光地望着腼腆的顾天海。

他年纪虽然比自己小两岁，但认真起来却非常迷人。这样的男生，不仅爱干净，又会做饭做家务，简直符合了她漫画中暖男所有的特征。

严沫决定，下一本漫画的主角要以他为设定！她相信这样无可挑剔的人物设定可以让她的漫画起死回生，可以畅销全球！

“小海君，我真的不可以进来吗？”在门口站了十几分钟的严沫一脸恳求地望着背向自己的顾天海。

根据这几天她对顾天海的研究，他是一个拒绝不了别人请求的美少年。只要她装的可怜一些，他就完全没辙。把握住这一点的严沫总是半夜三更把他拽起来，给她做夜宵吃。虽然顾天海总是说她白天不绘画，非要到了晚上才动工，但还是顶着困倦，将她喂饱再去继续睡觉。

“请不要随便给我改名字！你要是饿了冰箱里有炒饭，自己去微波炉加热吧，我现在没空。”顾天海一针见血地说道，而得到允许入内的严沫拿着一本绘本冲到他面前。

“我现在不饿呢，我是想对你做一个采访。”

“采访？”

“对啊，我觉得你的气质十分符合我下一本漫画书的男主角，所以我想了解一下你的一些基本资料。”严沫打开绘本，拿起笔，一副准备记录的动作，“你的具体身高是多少？”

“一米八三。”虽然不是很想搭理严沫，但是想到自己会成为故事中的主角，顾天海还是兴致勃勃地回答了严沫的提问。

严沫刷刷的记录下来之后，继续追问：“那你喜欢吃什么？平时都喜欢去哪些地方，心情不好的时候会做什么？”

“巧克力，公园，发呆。”

“你有特别喜欢的男明星吗？”

“没有……等一下，男明星？为什么不是女明星？”顾天海突然对严沫故事中男主角的设定感到好奇，并且内心升起一股不想的预感，“把你的绘本给我看看，看看我的角色是什么。”

没法认真工作的顾天海伸手去夺严沫手里的绘本，严沫则一个转身，退到一边，似乎还不打算给顾天海知道自己在漫画中是什么角色。

“小白怎么回来了？”顾天海突然看向严沫的身后，煞有其事地说着。严沫信以为真，往后看去，手里的绘本被顾天海迅速夺走。

“还给我！”因为身高问题，顾天海将绘本举高后，严沫便触碰不到了。

顾天海翻阅着草稿，草稿设定的漫画名称为：《美甲工少年的春天》。

“这是什么奇怪的名字？”

顾天海心里暗想着，虽然觉得这名字很奇怪，但还是对里面的内容感到好奇。在他开始翻阅后，脸上所有的表情都凝固成了冷漠。绘本里的他是一个很女性化的美甲工，而且还穿戴着让人觉得羞耻的女仆装。

“严沫，在你眼里，我原来是这副模样啊！”顾天海有些生气，他直接将绘本撕成两半。

“你别撕啊，我画了好几个晚上，还给我！”

严沫看着自己的作品被无情地撕毁，万分着急。她一把拽住顾天海的衣领，用尽全力将他拽过来，想要夺回自己辛苦了几个晚上才画出来的画稿。

“这种变态的漫画怎么会卖得出去！”顾天海情绪失控地说，身体却不由自主地往前倾倒。

他惊愕地看着近距离贴近自己脸部的严沫，这是他第一次这么近距离地和女生对视。他仿佛能感受到严沫的每一次呼吸，感受到自己忽然加速的心跳。

“混蛋，把我的草稿本撕成这样！”严沫看着已经面目全非的绘本气不打一处来，她抬脚往上一踢，直击顾天海的小腹。

“嘭”的一声响回荡在忽然寂静的屋内。

顾天海重心失衡，往前倒去，压在了严沫身上。虽然他用双手撑住了地面，却改变不了已经吻上严沫唇瓣的事实。从没和女生这般接触过的他瞬间红了双颊，惊愕地看着安静下来的严沫，蓦然心悸。

严沫一把推开顾天海，慌张地从他房间逃窜出去，留下满地撕碎的画稿。

坐在地板上的顾天海也没能从刚才的意外接吻中回过神来，他失神地坐在地板上，看着地上的画稿，心绪凌乱。

他的初吻，竟然给了一个女变态！

第二章

我上辈子一定是欠了你的

一个月前，作为出来实习的大三学生，顾天海为了节约成本而选择了合租。同时，也是为了逃离家人的监管。选择了严沫这间有一定年龄的郊外别墅，是因为价低。而不幸的是，遇上了一个十分不靠谱的女房东。

严沫是一个忘性很大的人，时常不记得自己的东西放在了哪里，所以她走过、路过的地方，都是杂物成堆。顾天海为了改变这一点，特意将所有的东西都分类并贴上标签，防止严沫乱扔、乱放。

一个星期前，因为严沫把他设定成过于女性化的美甲工后，触怒了他。也因此，他意外的和她有了第一次亲密接触。

但身经百战的严沫似乎对这些事情不太介意，隔一个晚上就忘得干净。顾天海虽然有一丝在意，但为了避免尴尬，也全当什么都没有发生过。

“晓丽，设计图纸你放在我桌上，我一会儿去公司再进行修改……嗯，给戴宁就可以了，嗯，好……”此时，顾天海正穿着图案奇怪的围裙，翻炒着不粘锅内的鸡蛋。他用肩膀夹着手机，和公司的同事交代事情。而厨房外面的严沫已经做好了开餐的准备，摇晃着双腿坐在餐桌上等吃。

顾天海挂了电话之后，往大厅外面看了一眼。正在等吃的严沫就像一个长不大的孩子，无聊地玩着手中的刀叉。

他对她的了解不多，只知道她是大自己两届的师姐，一名低产的漫画作者。如果非要给她贴一张标签，顾天海大概会给她贴：生活不能自理的宅女。

“海君，你的刘海真好看，但是好像遮到眼睛了，我来帮你整理一下吧。”严沫见顾天海从厨房走出来，急忙放下自己手里的餐具，一溜烟地跑回自己的房间。

她再出现的时候，手里拿着一个黑色发夹，没等顾天海同意，她便撩开顾天海的刘海，用发夹固定到右侧。原本就长得秀气的顾天海被她这样一弄，更像是一个小姑娘。

顾天海心里默念着习惯就好，似乎已经对严沫这种“二次元”宅女的异常行为见怪不怪了。

“海君，你这样真好看，我们来合个影吧。”戴上熊耳帽子的严沫掏出手机，确认了自己和顾天海在同一个画面后，咔嚓一声就按了快门。

“不要再叫我海君了，这称呼很奇怪，叫我天海。”顾天海将饭菜端出来，再次强调了一次自己的名字。他开始整理自己的仪容仪表，准备出门去公司上班，“你等下吃完后一定要洗碗，不要再等我回来洗！我快迟到了，就不跟你一起吃了。”

“今天的菜也好好吃。”严沫一脸幸福地吃着餐桌上热腾腾的饭菜，耳朵过滤了顾天海的念叨。

换好衣服的顾天海临出门前看了她一眼，见她完全陷入了美食的漩涡中，无奈地笑了笑。

关门的声音响起，顾天海走了好几分钟后，严沫才想起要和他说再见。

“顾天海，注意安全，记得回来做饭。”严沫抱着连体动物睡衣的尾巴，屁颠屁颠地跑到阳台上，冲着还没走远的顾天海大声嚷嚷，挥手作别。

顾天海回头，看着她灿烂的笑容，觉得人生无比灰暗。

那家伙总是笑起来很可爱，给人又笨又傻的感觉。而事实上却是个让人十分头疼的人。

“知道了。”顾天海回应了一句，然后夹着腋下的公文包往公司的方向走去。

拜严沫所赐，他每天上班都是最后一刻赶到，每天下班都要去超市和一群大妈挤着排队买特价蔬菜。面临就业压力的他，不仅要研究毕业设计，还要承包严沫家内所有的家务。这样的生活，真的比想象中要艰难。

就在几天前，顾天海想尝试轮流买菜做饭。而严沫在去菜市场和超市的路上走丢了，走丢也就算了，还丢脸丢到派出所。顾天海刚下班就接到警察打来的电话让他去接人。

从那天开始，顾天海觉得严沫只要乖乖留在家里不给他添麻烦，他就应该谢天谢地了。

不会买菜总该会做饭吧？顾天海一开始还抱有希望。直到严沫把各种颜色的菜煮成一锅黑色物体之后，顾天海开始怀疑严沫是怎么活到现在的。

顾天海到达公司的时候，办公室的时钟已经到了八点五十九分，他差点来不及打上班卡。

和顾天海同一个办公室的戴宁从办公桌后探出头，看向气喘吁吁停在打卡器前面的顾天海，说道：“小海，这段时间你怎么每天都是最后一刻？”

戴宁是项目组的组长，一个八卦、多事的年轻大叔。顾天海腼腆又尴尬地笑了笑，解释着刚搬了家，还没能适应过来。

“小海，你听说了吗？昨天公司又开了一个新的项目，让我们这一组人负责，而且还从国外的理工大学招来了一名……”戴宁走到顾天海面前，和他说起了悄悄话。

身后的脚步声逐渐靠近，一股淡淡的香水味洋溢在空气中。顾天海还没来得及听完戴宁的八卦信息，身后便传来了女生的问候声。

“早上好。”顾天海和戴宁不约而同地往声源方向望去。

身后站着的女生看起来像混血儿，她肤色白得透明，双颊透着隐约的粉红，深邃有神的眼睛让她的轮廓看起来更加立体。

她的瞳孔颜色有些淡，像是黑色和淡蓝色混合后的颜色。浓密的褐色卷发自然披散下来，完美地修饰那张巴掌大的脸。

女生穿着一条冬季小黑裙，外披宽松的蓝色大衣，皮质的过膝高跟靴包裹着一双美腿。她看上去像是杂志封面的时尚达人。

“你们好，我是昨天新来的，叫叶紫欣，刚从美国回来不久，以后和你们负责同一个项目，请多多指教。”叶紫欣扬唇一笑，高贵的气息仿佛从骨子里渗透出来。顾天海觉得这名字很熟悉，但是不记得在哪里听到过。

“叶紫欣小姐你好，我是这个项目的主要负责人，我叫戴宁。”戴宁最先绕到叶紫欣面前自我介绍。

“我叫顾天海，也是刚来不久的实习生。”

“顾天海？”叶紫欣若有所思，很快在脑海里找到这号人物，“你是顾天海？怪不得觉得很眼熟，我是小欣啊，你不记得我啦？”

顾天海看着叶紫欣，努力地搜寻着关于十年前的事情。好像记忆里是有一个叫小欣的玩伴，小时候他们经常在一起玩过家家的游戏。后来，她好像跟父母去国外发展了，再也没有联系过。

“带我去公司走走，熟悉环境吧。”叶紫欣前一刻的淑女形象在和顾天海相认之后，土崩瓦解。而被当成空气的戴宁目睹着她挽着顾天海的手离开了办公室，继续工作。

叶紫欣一路回忆着小时候的事情。小时候的顾天海和现在一样腼腆，她最喜欢欺负他，把他当成自己的护花使者和小男朋友。顾天海虽然很不情愿，但心软是他最致命的弱点。只要叶紫欣一哭，他就没辙。

小时候的叶紫欣就霸道地对所有人说，顾天海是她的男朋友，以后要娶她。但后来不知道因为什么事情，叶紫欣跟着父母出国了。再后来，顾天海渐渐忘记了还有这号人物。

“天海，你现在有女朋友吗？”叶紫欣兴致勃勃地问，似乎打算继续霸占顾天海。

“女朋友？”这三个字让顾天海最先想到的人是严沫，那个生活不能自理的女房东。顾天海不由得叹了一口气，摇摇头，“没有。”

“那现在你还是我的男朋友，像小时候一样。”

“啊？什么？”

“等毕业了我们结婚吧。”

顾天海有些尴尬地挣开叶紫欣挽着自己的手，无言以对。若不是另一个项目组的组长突然有事找顾天海，顾天海都不知道怎么脱离苦海。

“顾天海，你过来一下，帮我把资料送到三〇二办公室。”

“好，我马上去。”顾天海拿起资料，急忙跑走，留下穿着高跟鞋站在原地皱眉头的叶紫欣。

别墅内。

“阿嚏——”正坐在桌边打草稿的严沫突然打了个喷嚏，她穿着加绒的卡通睡衣，正在思考画稿该如何下笔。

桌面的草稿纸上放着量尺和各种画笔，草稿的某一处被橡皮擦抹了一次又一次，似乎始终没有画出想要的感觉。

“细节怎么修改？用什么线条修饰好呢？表情也好难掌控，

真难想象……”严沫用手掌撑着头，冥苦思想着，拿起了放在一边的手机。

已经锁屏的手机上倒映着她的脸，她把手机屏幕当成镜面，做出各种可能变成绘本的表情。

“主人，主人，来电话啦，主人！来电话啦……”

恶搞的手机铃声突然响起，吓得严沫浑身一颤，差点将手机往旁边的垃圾桶扔去。

来电显示是她的闺蜜“瑶瑶”，但瑶瑶知道她宅，向来无事不登三宝殿，怎么突然给她打电话了？

“喂？干吗？”严沫接通电话之后，另一头传来的是砍价的声音，一听就知道瑶瑶是在菜市场打过来的，“喂，你不会是打电话来给我听你怎么砍价吧？瑶瑶大妈？”

“你才是大妈，我可是纯情美少女……哎，不是说好三块钱一斤的吗……”

严沫听了一分钟砍价之后，挂掉了电话。而瑶瑶再次打了过来，严沫叹了一口气，又按下接听键。

“严沫，我有正事跟你说。我今天在商场看到以前班的班花，她邀请我参加下个星期的班级聚会……”

“没兴趣。”严沫做出准备挂电话的动作。

“严沫，别挂电话，我没说完啊，李昊回国了！他也来参加班级聚会！”

瑶瑶歇斯底里地将李昊回国的消息咆哮出来，此时站在菜市场的她成了大家关注的焦点。

“我也是一个小时前听说的，两年前他抛弃你，现在回来了，你好歹有点志气，去问个究竟吧？严沫，你有听我说话吗？喂？严沫，你是不是受到刺激了？你怎么不说话？”

瑶瑶的声音在电话的另一端响着，而严沫却仿佛再也不能被她的声音干扰。

一直得不到回应的瑶瑶最终挂了电话，而严沫却一直保持着接听电话的姿势，陷入自己的感情漩涡中。

那个两年前静悄悄地退出自己世界的人，再次闯进了自己的生活里。明明做好了要忘记过去、重新开始的决定，却还是轻易就难过起来。

严沫至今还会记得，两年前他们在机场分别的那一幕。李昊拖着行李箱将她拥入怀中，所有的柔情细语交织成难舍难分。

那个人对她说，等他回来，一定会给她一个盛大的婚礼，一定会让她成为世界上最幸福、最美丽的新娘。

她那时以为他就是她的全世界，她感动到不断地哭泣，以为自己是世界上最幸福的人。

而现在，她的哭泣，仅仅因为自己成了世界上最不幸的人。

顾天海下班买菜回来时，一股酒精味从打开的门内迎面扑来。还没弄清状况的顾天海刚关上门，就被藏在门后的严沫从后面抱住。

“你怎么现在才回来？把我一个人丢在这里。”

醉得不省人事的严沫靠在顾天海的背后睡了过去，若不是顾天海急忙丢下袋子去接住她，她恐怕要直接睡在地板上。

“你怎么一个人在家喝那么多酒？”顾天海无奈地叹气，微微皱眉，将浑身酒味的严沫扶回她的床上，而后蹲在床边看着熟睡的人，心生感叹。

这家伙真的是一点安全防范意识都没有，要是没人看着的话，一定会被人贩子拐走。

其实仔细看的话，严沫还是有几分姿色的。她很白，却不是死白，五官虽然不算惊艳，但也称得上精致。顾天海第一次看她这么安静地睡在床上，不吵不闹，竟觉得她还有些小可爱。

“阿嚏——”严沫突然打了一个喷嚏，蹲在床边看着她发呆的顾天海突然意识到她没有盖被子。

顾天海想要给她盖上被子，而严沫突然睁开眼，抓住他的手腕，控制不住眼泪地大哭起来，似乎要将这些年的悲伤倾泻而出："你为什么要骗我，为什么？"

"严沫，你在说什么？你喝醉了……"

"你不要走好不好？"顾天海还没反应过来，就被严沫拉进了怀里，紧紧地抱住。莫名的悸动洋溢在空气中，顾天海甚至不知道自己拿着被子的双手应该放在哪里，"我不想一个人，你们一个个都丢下我离开……"

顾天海突然颤了颤，那个天真烂漫的严沫，其实一直都是一个人。她一个人孤单地守着这个空旷的房子，也没有可以等待的人回来陪伴她。她其实一直都在伪装开心吧？想用笑容去掩盖那份孤单。

"傻瓜，我还要在这里长住呢，怎么会丢下你离开。"想到这里，顾天海宠溺地揉揉她的脑袋，轻轻搂着她，给予她安慰和依靠。

不知为何，他觉得严沫就是他命中的克星，他总是不能决绝地对待她，甚至忍不住想要保护她。

严沫借着酒意，抬起头便吻上顾天海的唇瓣。

这一次的吻和第一次不一样，这个吻带着感情色彩，像烈酒一般。顾天海也忍不住在这样浓烈的吻里陶醉，忍不住生出喜欢的感觉。而这份感觉，在那两个字脱口而出时，化成粉末。

“李昊，不要离开我。”

“李昊？”神经线被触动的顾天海蹙眉，一下子松开严沫，并从床边站起来。

严沫倒回床上，抱着枕头睡着了，她嘴里继续呢喃着那个名字，唇角露出幸福的笑容。

一种名为愤怒的感觉溢满顾天海的心田，他从没如此感到生气。这样的生气是有味道的，很酸，酸得他不想继续在严沫的房间多待一分一秒。

他转身走出那个房间，觉得自己像一个傻子，被严沫耍得团团转，被她当成另一个人的替身。他真的，很讨厌这样的感觉！

严沫醒过来的时候是第二天早上。阳光依旧明媚，室内的温度因为没有关闭的窗户而下降了好几度。感受到温差的严沫裹着被子走到窗边，将窗子关上，再拉开窗帘。

她并不记得自己昨晚是怎么回到房间的，只是毫不在意地打了个哈欠，伸着懒腰从卧室走出去。

早餐的味道氤氲在空气中，严沫顺着味道嗅到了厨房。等她下楼后，正好看见穿着围裙的顾天海在下厨。他一手拿锅一手拿铲子的背影实在有些帅气。严沫急忙掏出手机抓拍了几张，并冲顾天海问好。

“天海，早！什么时候可以开饭呢？”

顾天海并没有回答，他将煮好的早餐端上餐桌，心里还有些不高兴，但严沫似乎已经不记得昨晚发生的事情。不管如何，对清醒的人而言，顾天海对于严沫这种轻浮又不负责任的行为感到生气。

“怎么不理我？”严沫努努嘴，忽而想起班级聚会的事情。要怎样才能完美的避开班级聚会呢？她可不想去，不仅以为李昊，还因为毕业之后一直发展得不好，不想被大家冷嘲热讽。

“天海，昨天我闺蜜约我一起去大学的班级聚会，可是我不想去，你有什么办法让我避过班级聚会吗？”

“为什么不想去？”顾天海一边清洗锅具一边问道。

严沫见顾天海搭理自己了，便凑到他身后继续说道：“我有一个不想见的人，但是他会去班级聚会，所以我不想去。”

是那个叫李昊的人吗？顾天海心里问着，却没有说出口，他动作停顿了片刻，又继续保持沉默。

“这是你的事情，不要问我，你自己看着办吧。”顾天海有些冷漠地说着，严沫觉得这是反常现象，可是又不知道是谁招惹了他，最好闷闷地走出大厅。

恰时，门铃响起。严沫担心是瑶瑶来找自己去班级聚会，吓得不敢开门。她小心翼翼地走到猫眼处，透过猫眼看出去。

站在门外的是一个褐色卷发的女生，看起来有些混血儿的感觉。严沫庆幸不是瑶瑶，但仔细想了想，自己好像并不认识门外的女生。

“顾天海，开门，我是叶紫欣。”门外的叶紫欣见按门铃没反应，便直接抬起手敲门。

“天海，有个褐色卷发的女生找你。”严沫一边说着一边打开大门。只要不是来找她去班级聚会的，她才不在乎开门让对方进来。

而听出叶紫欣声音的顾天海神经线紧绷起来。他健步如飞地冲出厨房，想要阻止严沫开门——叶紫欣一向有小手段，所以得知他居住地址也不奇怪。

当叶紫欣推开门时，顾天海正双手撑在地板上，将严沫压在身下。严沫呆呆地看着突然将自己往后拽，又失去平衡一起倒地的顾天海。门外的叶紫欣踏着高跟鞋一脸阴鸷地看着他们，像一座等待爆发的火山。

而当严沫侧过头望向门外时，只觉得自己浑身的血液都停止流动了。因为站在门外的，不仅只有叶紫欣，还有正从外面走来，伫立在叶紫欣身后的——李昊。

在看到李昊的那一瞬间，严沫觉得自己浑身的知觉都消失了，只剩下一片苍白。

“顾天海，这个女人是谁？你不是说你没有女朋友吗？你们在干什么？”叶紫欣的语气咄咄逼人，而严沫却一点也听不到她的叫嚣。她的视线，一直停留在李昊身上——那个穿着灰色西装，一脸温柔的男生。

“严沫，你们这是？”比叶紫欣晚一步进来的李昊也愕然地看着他们，顾天海急忙从严沫身上站起来，摆手解释着他们的关系并不是他们所想象的那样。

“她是我房东，我现在住在这里。”顾天海急忙解释着，一来是不想玷污严沫的清白，二来是不想招惹麻烦——叶紫欣向来霸道，决不允许自己喜欢的东西被他人拥有。

“我不管她是谁，我要你搬出去，现在我才是你的女朋友，你应该听我的。”

“我租金都给了，怎么能说搬就搬，而且我从没说过我要做你男朋友，你别闹了好不好？”

“你一定是被她蛊惑了，所以不喜欢我了！”

“你在胡说什么？”

顾天海和叶紫欣争执着，而严沫却呆呆地站在原地望着和自己面对面的李昊。

时间仿佛凝滞在这里，没办法继续往前流动。那个曾经跟她海誓山盟的人，在消失了几年之后，像什么都没有发生过一样站在了她的面前。他的笑容，就像一把利刃，一刀刀地在她心口肆意挥舞。

他为什么要回来呢？一直失踪，一直不接电话，一直不联系她。现在又为什么要回来？为什么要在她心里的火焰熄灭之后又再次给她点燃？这样很好玩吗？

“你为什么要勾引我的男朋友，你听到我说话吗？”叶紫欣上前推了严沫一把，将严沫的注意力唤了回来。

顾天海不知道该怎么阻止这场混乱的时候，李昊上前护在了严沫身前，推开了叶紫欣推搡严沫的手。

“你在胡说什么，她可是我的女朋友，轮不到你来说三道四。”李昊平视着叶紫欣，没有任何余地的话语让顾天海浑身一颤。他不经意地看向严沫，此刻严沫脸上浮现的表情就和昨天一样悲伤。

大概这个护在严沫身前的人，就是李昊吧？

“叶紫欣，我们去上班吧。”

顾天海不想继续纠缠，解开围裙，拉着叶紫欣便离开了严沫家。他实在不想看到那个叫李昊的男人，严沫因为他难过，也因为他把自己当成替身……

风从打开的门外吹进来，严沫看着李昊，仿佛许多回忆都在脑海里重新剪辑，所有的回忆都是美好的，因而在接受背叛的时候也变得更加疼痛。

或许她不够成熟，不能原谅背叛，所以当李昊站在她面前的时候，她并没有激动地上前拥抱，也没有悲伤到泣不成声。在顾天海和叶紫欣离开之后，严沫抬起手直接甩了李昊一巴掌。那一巴掌让李昊的脸浮现出红色的指痕，他倾斜着脸，对于严沫的反应有些出乎意料。

“严沫，我回来了，你难道不想我吗？”

“我为什么要想你？从你的电话变成空号开始，我就不再想你了。”严沫紧紧地攥着拳头，努力让自己保持平静，不在这个人面前掉一滴没有意义的眼泪。

她曾爱他爱到骨髓里，曾因为再也打不通他的电话而哭干了眼泪。她甚至不知道自己做错了什么，那个曾经说要和自己结婚，说爱自己的人，断绝了和她的所有联系。

“我现在过得很好，而且有了新的生活，你为什么要回来打扰我？”

“因为你是我女朋友啊，我说过，回来的时候要和你结婚，你不记得了吗？”李昊往前迈出一步，想要将严沫拥入怀中，想要用拥抱化解这两年的不闻不问。而性格倔强的严沫往后退了一步，讽刺地笑了笑。

“从你的电话变成空号开始，我们就已经不是男女朋友了。你走吧，我不想看到你。”

“严沫，你听我解释，其实我是因为没有时间看手机……”

“我不想听任何解释，请你离开我家！”严沫下起了逐客令，将李昊推出了自己家门口，并“啪”地一下关上大门。

被隔绝在严沫家门外的李昊敲了几分钟门，最后没耐心转身离开了。

离去的脚步声残留在严沫的耳边，在脚步声彻底消失的时候，她忍不住坐在门后埋头大哭。

所有的承诺都是谎言，就如所有的谎言都像是承诺。

严沫抱着双膝在门口啜泣，而当她想起什么似的打开门追出去的时候，李昊已经走远了。

他总是很轻易就消失在她的世界，留下她一个人守着回忆。

严沫站在大街上，看着川流不息的行人。他们有着各种各样的表情，前往不同的方向。而她，应该前往哪个方向？

她的人生，在遇上李昊之后就乱成一团。她甚至不知道自己一直滞留不前是为了什么。是为了等待一个解释，还是为了自欺欺人？

严沫深吸一口气，走进人来人往的地铁口。

地铁站内开着暖气，和外面的寒冷形成鲜明的对比。严沫买了一张单程票，乘坐了一班不知道会开向哪里的地铁。

地铁里的人有些站着，有些坐着，有些低头看着手机，有些闲聊着。衣着有些单薄的严沫抱住双臂，依靠在安静的角落里望着窗外的灯光和黑暗。

地铁走到终点的时候，严沫走了出来。外面的寒风呼啸着，像北方的狼嚎。严沫好久都没有来过闹市。闹市的人流很多，各大门店的招牌林立在高低不一的建筑物上。严沫走进一家酒吧，想一醉解千愁……

顾天海下班回家的时候，严沫并没有在家。顾天海坐在沙发上，脑海里浮现的全是李昊和严沫出去约会的画面。那样的画面让他无法再去思考别的事情，心里泛着一阵阵不舒服的感觉。这样的不舒服在家里的座机响起时，化为无奈。

“喂，请问是顾天海先生吗？”电话的另一头传来一个十分礼貌的声音，说话的是一个陌生的男人。

顾天海并不记得自己有什么朋友知道这里的电话号码，所以他停顿了许久才回复："对，我是。"

"您好，我们这里是Box酒吧，请问严沫是你的朋友吗？"

顾天海陷入了沉默，不好的预感在心里蔓延。严沫这爱给他惹麻烦的家伙，该不会又迷路了吧？

"是这样的，严沫小姐喝多了，她身上的钱不够结账。她让我们打这个电话，麻烦你过来结账。"电话里传来酒吧服务员解释来龙去脉的声音，顾天海拿着电话久久不知道该回复什么。

"告诉我具体地点，我现在过去。"

顾天海虽然十分不情愿接受要过去结账的现实，但一想到天寒地冻的，严沫一个女生在外面游荡，身上还没有带钱，他就十分不放心。同住一个屋檐下，严沫要是有什么三长两短，他也过意不去。

"好的，我现在就告诉你。"电话另一端的人松了一口气，终于有人来结账了。

顾天海挂了电话之后出门找严沫，并随手将严沫丢在地上的外套带上。

Box酒吧内，金属乐器发出尖锐的声音，站在台上表演的乐队嘶吼着，咆哮着，像用生命在唱歌。顾天海避开端着酒走过的兔耳女郎，头顶不同颜色的灯光在不停地转动，给人一种晕眩感。

顾天海没有来过酒吧，所以踏进这里时觉得自己像一只无头苍蝇，不知道该往哪里。

“你好，我是来找一个叫严沫的女生的，请问你知道她在哪里吗？”顾天海还没等到服务员回复，便听到了严沫鬼哭狼嚎的唱歌声。

他顺着声音的发源处望去，只见严沫抢了金属乐队的舞台和麦克风，调乐师急忙切换她唱的歌曲给她，以免造成混乱。

投影屏幕上显示的歌词是中文翻译，而严沫唱的却是高八调的日文歌曲：“沉入悲伤之海的我，连睁开眼睛都宛如永劫。会就此堕坠到任何地方，谁也找不到吗？该往哪里去，做些什么？忽然射进的一束光，伸出手好像可以构及，却被波浪卷走而迷失。那究竟是什么呢？既温暖又炫目，无意识的浮光掠影，说谎的是谁……”

舞台上的蓝色灯光交织闪烁着，波动在严沫身上，就像深海般。顾天海觉得此刻的严沫，就像来自深海的少女，遥望着海面上的泡沫，却触及不到任何地方。

顾天海随着打电话给他的服务员去了前台结账，他的视线却一直没有从严沫身上移开。一种奇怪的想法在他的心里肆意荡开，他想化成指引她远离深海的那束光，想照耀着她，让她拥有快乐的笑容。

“顾先生，账单打印好了，麻烦你签一下名字。”

在顾天海输入银行卡密码之后，服务员将发票单据递到他面前，让他签字。就在顾天海签字的片刻，严沫走下舞台，和正在喝酒的人抢酒杯，毫无形象地灌了几杯酒。

“严沫，你给我回家！”顾天海急忙丢下笔，跑上前，将走路摇摇晃晃的严沫拉过来，并向那几个正在拼酒的男女鞠躬道歉，“对不起，我朋友喝多了。”

“顾天海？怎么是你？你真的来了啊？”

严沫打了个嗝，一股浓郁的酒味从她的嘴里散发出来。向来不饮酒的顾天海觉得那味道有些熏人，不自在地屏住呼吸。

严沫看到他嫌弃自己的模样，更加肆无忌惮地往他脸上呼气，凑得更近：“小海，我还以为你不会来找我呢，我已经做好在这里睡一晚的准备了，没想到你真的来了，哈哈，你是不是喜欢我啊？不然为什么来找我呢？哈哈，你这个小鬼头，你的脸怎么比我还红呢？”

“你喝多了，我才没有脸红，是灯光。”顾天海别过脸，心却跳得比平常快。不知是因为这让人升温的音乐和暖气，还是因为这个醉的一脸迷蒙的严沫。

后来，他费了九牛二虎之力才将严沫扶出了酒吧，两人站在路边招了十几分钟的手，唤来一辆出租车。顾天海费劲地将醉成一摊烂泥的严沫移到车内，随后自己也坐进后座。

“小兔子乖乖，把门开开，我要回来……不开不开我不开，妈妈不回来，谁来也不开！”严沫又开始摇头晃脑地唱起了童谣。司机忍不住透过后视镜看了看神经兮兮的她一眼。顾天海尴尬地讷讷一笑，将她胡乱挥舞的双手抓住，按压下来。

“看好你的女朋友，别让她吐在我车上。”司机冷冷说道，似乎并不在意严沫不正常的举止，而是担心自己的车会被弄脏。

“她不是我女……朋友……”说到女朋友三个字的时候，顾天海的声音小到自己都听不见。

他侧头看着双颊通红的严沫，她不时地打嗝，脑袋摇摇晃晃的，像一个不谙世事的孩子。这样的她，很难让人不担心。

“我想睡觉，我困了。”严沫转头看了顾天海一眼，随即任性地将头枕在他的肩膀上。

顾天海心悸了一下，为了让严沫枕得更舒服一些，紧张地将自己的腰杆挺直。

严沫似乎觉得这样睡不够舒服，脑袋往下一移，落在了顾天海的大腿上。顾天海看着枕在自己大腿上睡着的严沫，有些心跳加速。严沫顺势将双腿放在座椅上，像一只猫一样，蜷成一团。

顾天海为了让自己内心平静，只好将视线转移到窗外。窗外飘着零星的雪花，大概是因为还不足够冷，雪花只是飘散在空气中，并没能将城市覆盖成白色。大街的霓虹灯闪烁着，不知不觉已经到了夜晚。

手机短信铃声忽然响起，顾天海掏出裤袋内的手机。短信是银行发过来的，顾天海看了看余额通知短信，卡里仅存的两千块只剩下几毛钱。

看了看手机屏幕，又看了看睡着的严沫，他最终扶额叹息。好在过几天发工资，不然这个月他得去路边行乞了。

“到了。三十二元。”司机将车停靠在严沫的别墅楼下。

顾天海心疼地将钱包最后一张百元钞票递给司机，然后扶着严沫从车内走出来。司机将零钱找给顾天海之后，调头离去。

“小海，你陪我喝酒吧。”

“你都喝成这样了，还喝？回去睡觉！”顾天海一边拽着趴在自己肩上的严沫的手，一边掏出钥匙打开大门。

大门打开的瞬间，严沫胃里一阵翻滚。她箭步跑进厨房的洗碗池边，开始呕吐。锁上门的顾天海急忙上前拍抚她的背部，而吐完的严沫擦了擦嘴角东倒西歪地朝着自己卧室走去。顾天海一边帮她清理地上的障碍物，一边伸手做出扶她的动作。

严沫走进卧室之后，一头栽倒在床上，打着呼噜便睡着了。顾天海叹了一口气，找来干净的毛巾为她擦拭脸和手，又帮她盖好被子。

顾天海遇上严沫之后，时常觉得自己是来当保姆的。明明想要生她的气，却又怎么也生不起气来。

“我上辈子一定是欠了你的。”顾天海哀叹一声，关上严沫房间的灯，转身关门走了出去。

第三章

男生送丝巾，是喜欢的意思吧？

翌日，严沫和往常一样，清醒了就装傻，选择性忘记一些事情。而记忆犹新的顾天海一大早看到她便向她伸手讨债，想赖账的严沫在顾天海拿出酒吧付款票据之后不得不承认债务的存在。在翻箱倒柜许久之后，严沫拿出了租房合同，愉快地将上面的三个月改成十个月。

“三个月的租金是一千五，你替我付的两千可以抵四个月的租金，然后我再送你几个月居住期限，你看，成不？”

严沫头头是道地说着，一副商人的模样。伸手讨债的顾天海面无表情地看着她，再次扶额叹息。

虽然他看得出严沫没什么钱，但是没想到会穷到这种地步。

“也行，但你得发誓以后不去酒吧，不乱喝酒。”

严沫见顾天海妥协了，急忙竖起三根手指，对天发誓：“绝对不喝酒了！”

顾天海对这个誓言深感质疑，但看时间差不多要上班了，只好出门上班了。严沫看着顾天海离去的背影，松了一口气。还以为顾天海会一定要她还钱，看来顾天海这个人挺不错的。

昨天若不是他去找她，现在的她估计还烂醉在酒吧里吧？

严沫神色黯淡地望向天花板，她明明很讨厌酒精的味道，却因为那个始乱终弃的混蛋而学会了酗酒。她不应该这么堕落，堕落的就连自己都有点瞧不起自己了。

幸好还有顾天海。

手机铃声突然响起，严沫打了个激灵，满屋子地寻找手机。手机不知道什么时候被她踢进了床底，她花了好一会儿才将手机从床底掏出来。

来电显示人是漫画出版社的责任编辑，严沫有种大难临头的感觉，急忙按下接听键。

“严沫！你为什么总会在关键的时候闹失踪！我QQ给你发了几百条信息，你都没看到吗！”手机里的声音是歇斯底里地咆哮，严沫急忙飞奔到电脑面前，快速开机。

登录QQ的时候，责任编辑的头像不停地闪烁着。

严沫急忙点开聊天窗口，责任编辑通知她有一本漫画过稿了，需要进行后期修改，而严沫一直不回复，责任编辑发了无数个窗口震动提醒也无济于事。最后，责任编辑只好翻出了她的手机号码拨过去。

“啊，我现在看到了，我过稿啦？太好了！”严沫在自己的房间内欢呼雀跃，情场失意，事业终于有起色了！

“你不要高兴得那么早！你的漫画细节不完善，而且，结尾要改！还要后期上色，下周三交稿，现在周五，你有五天时间，交不上来，同样会被退稿！”责任编辑给严沫打响了警钟。

严沫看了看日历，挂了电话之后开始将那堆草稿找出来进行修图。

顾天海因为工作的原因，要去另一个区进行实地考察。他给严沫编辑了一条短信后随着公司的人去了西区。而当他完成实地考察回来的时候，已经过了三天。

打开别墅大门，灰尘味迎面扑来。黑暗的室内洋溢着泡面和速溶咖啡的味道，顾天海不由得皱眉，一边往前走一边摸索着墙壁上的电灯开关。

“严沫？”顾天海一边收拾大厅的垃圾，一边来到二楼，走向严沫的房间。

严沫的房门没有关闭，台灯的光从屋内透出来。为了更清楚地看见屋内的情况，顾天海打开了墙壁上的电灯开关。

灯光乍明那一刻，顾天海的心口紧缩了一下，感觉眼前的画面十分惊悚。

看似几天没洗头的严沫顶着黑眼圈，转过头望向他，浓郁的咖啡味仿佛能从她身上溢出来。她的电脑桌上乱成一片，数字画板和各种绘画专用笔铺得到处都是。

“我在工作，你不要打扰我。”这句话从严沫的口中说出来，有一种莫名的喜感。

顾天海忍不住笑出声来，随即帮她关上门，远离那片阴郁的“磁场”。

已经熬了几个晚上的严沫继续埋头修改画稿，而她熬夜修改的原因并不仅仅是为了过稿，还因为人在彻底忙起来的时候，就会忘记一些不开心的事情。

顾天海从一开始就觉得严沫是个很奇怪的女房东，所以对她的所有行为都已经见怪不怪。可虽说见怪不怪，但懒惰成性的严沫如此拼命地绘画，定是有什么心事。

顾天海在洗去一身疲惫和尘埃之后，躺在床上思考严沫的反常是因为什么。

他才离开三天，严沫便呈现出了十足的失恋大龄剩女状态，生活也变得和之前一样乱七八糟。

果然，他不在的话，严沫的生活就不能自理了。

算了，还是不要想和她有关的事情好了，毕竟他跟她只是房东和租客的关系。

顾天海停止了胡思乱想，起身关了房间的灯，盖上被子就睡觉了。

夜深人静的时候，“吱呀”的开门声响起。睡得迷迷糊糊的顾天海并没有很在意，因为实在太累了，不管进来的是贼还是严沫，他都不想起身查看。

“天海，我睡不着，但是我好困。”严沫像鬼魂一样，裹着一床白色的棉被坐在顾天海的床边。微微睁开眼睛的顾天海差点以为自己见鬼了，忽地从床上弹起来，打开台灯。

灯光落在严沫的侧脸，她几天没洗的头发透着油腻的光泽，因为失眠和不停地工作，她看起来面容枯槁。

“那我们数羊吧，数羊就能睡着了。”

顾天海和严沫一起靠着床背开始数羊，严沫从一一直数到了一百，又从一百数到了一千，但就是睡不着。而在外面奔波了一天的顾天海已经睁不开眼睛，他一点点地滑了下去，落在了枕头上，意识游离在九霄云外。

“顾天海，你给我起来，你不能睡，我都还没……”后面的话严沫并没有说完，因为困倦的顾天海一把将她拽进了怀里，单手搂住了她。

淡淡的沐浴露香，在体温的作用下透着些令人心安的味道。严沫依靠着顾天海的胸膛，感觉所有压力和悲伤的情绪都被驱散。这种安心的感觉滋生困倦，激起了睡意，最终她靠着他的胸膛睡着了。

梦里，严沫看到了正在厨房做美味佳肴的顾天海。他穿着白色的衬衫，系着藏蓝色的背带围裙，然后端着香喷喷的烤鸡转身冲她温柔一笑。

那是她见过的最好看的笑容。她迫不及待地想要品尝烤鸡，而顾天海却将碟子举得高高的，不让她触碰。于是她挥舞手脚，又蹦又跳，最后停在原地流口水。

“你过来亲我一下，我就给你吃。”顾天海使坏地说，梦里的他像一个小恶魔，用美食诱惑着她。严沫看着那香喷喷的烤鸡和秀色可餐的顾天海，张开怀抱扑过去亲吻他。

“轰隆”一声，重物落地。严沫既没能亲到美少年，也没能吃到烤鸡，而是和冰冷的地板亲密接触，正面相迎。

“哎呀！”从梦中惊醒的严沫一边揉着额头，一边从地板上爬起来。

她环顾房间一周，并不宽敞的房间被收拾得井然有序，一点也不凌乱，和她的“闺房”形成鲜明的对比。而房间内已经没有顾天海的身影，严沫擦了擦残留在嘴角的口水，走向大厅。

一大早被严沫的口水浸泡醒来的顾天海，正在大厅内打扫卫生。严沫揉着惺忪的睡眼，打了个哈欠，上前问候。

“小海，你怎么一大早就起来打扫卫生？”

顾天海抬起头看了严沫一眼，想起昨晚在自己怀里拳打脚踢的严沫，心里一阵后怕。

他以后睡觉一定要锁门！

“平安夜快到了，得打扫一下，对了，你有不要的东西吗？清理一下，我一会儿顺便拿去丢掉。”顾天海看着自己清理出来的一堆杂物，顺便问了下严沫。

她连衣服都懒得洗，想必会有很多杂物。

闻言，严沫揉了揉下巴，思考了片刻，点点头，转身去收拾杂物……

在严沫的床底有一个大大的复古箱，里面装满了她二十多年来的收藏品。小到弹珠，大到动漫模型。

箱子里的东西杂七杂八，长期没有进行清理。严沫开始整理箱子里的东西，将不喜欢和不需要的东西清理出来。

一个礼物包装盒安静地躺在箱内最底部。严沫已经忘记了里面装着的是什么，当她将盒子拿出来的时候，相册和毛衣散落了一地。

满满的回忆像剪辑的电影，一遍遍地在严沫脑海里循环播放。打开的相册内是她和李昊的合照，他们一起过了很多节日，也去了很多地方，最后却走向完全不一样的道路。

严沫弯下身子，捡起地上的毛衣。这是李昊离开那年她特地准备的圣诞节礼物。因为一直联系不上对方，这份礼物也一直压在箱底。

原来，不知不觉已经过去两年多了，时间过得真快。

“这些，都是要丢掉的。”严沫将毛衣抱出来，丢在顾天海面前。

“这看起来都没穿过，为什么丢掉？”勤俭持家的顾天海有些好奇，他捡起地上的毛衣比画了一下尺寸。虽然这毛衣的做工有些粗糙，但看上去他应该能穿，“这做工似乎有点粗糙，在哪儿买的？”

“自己织的，一直送不出去，留着也没用，丢了吧。”

“送我做圣诞节礼物吧。”

顾天海将地上的毛衣捡起来，拍干净上面的灰尘，虽然毛衣的做工粗糙，但却是严沫那个粗心鬼一针一线织出来的，他有些舍不得。

“你喜欢的话。”严沫微微垂下眼帘，神色有些黯淡，而正低头检查毛衣有没有破损的顾天海并没有看到。

“那我去试穿一下看看。”像捡到宝贝的顾天海拿着严沫亲手织的毛衣回了房间试穿，当他回到大厅的时候，严沫已经不在别墅内。

一股烧焦的味道从阳台飘进来，顾天海以为外面着火了，急忙跑到阳台寻找火源。只见严沫站在楼下院子里的树下，正在点火烧相册。火苗在风中窜动，撕咬着那本厚厚的相册。

顾天海分明看见凝聚在她下巴的泪水不停滴落。这大概就是她这段日子熬夜画画、失眠的原因吧——因为相册里的那个人。

顾天海抓了抓毛衣的领口，似乎能感受到她织毛衣时的欢喜，也似乎能感受到毛衣送不出去时的悲伤。

她的眼泪，是为那个叫李昊的人流下的。她所有的悲伤情绪，都是因为那个男人。

顾天海走下来站在严沫身旁的时候，她紧紧攥着拳头，看着在火苗中逐渐消失的相片，泣不成声。不知道怎么安慰她的顾天海抬起手，宽大的手掌落在她的脑袋瓜上，有些宠溺地揉了揉。

“这里风大，沙子容易吹进眼睛里，我们回屋吧。”顾天海没有揭穿她，他知道，严沫不想被人看到自己脆弱的一面。

“天海，我们一起过平安夜吧，一起倒计时。”

“好啊。”顾天海点点头。

如果那个叫李昊的男人总是让她流眼泪，那他想成为那个，能让她一直开心笑着的人。

12月24日的时候，严沫终于结束了赶稿生涯。为了过一个完美的平安夜，严沫画了一组很可爱的漫画。漫画上的人物是她和顾天海。

顾天海看着像孩子一样的漫画人物，觉得十分有趣。他帮忙将这些可爱的漫画人物贴到玻璃上，阳光透过玻璃和画纸，将上面的线条勾勒的更加清晰。

将别墅里里外外都打扫干净的两人开始布置室内，彩色的丝带和五颜六色的彩灯挂得满屋子都是，麋鹿的贴画铺满了墙壁。圣诞节的花圈和铃铛挂在了门外，严沫用纸盒做了一棵圣诞树，并在上面挂了一些假苹果和铃铛。

“小海，你去我房间把颜料拿过来，我要给我们的小苹果上颜色。”坐在地板上装饰圣诞树的严沫对身后正在贴画的顾天海说道。

顾天海转身就走去了她的房间找颜料。严沫的房间太乱，顾天海找了许久才找到那盒压在密密麻麻的画稿下的颜料。

在将颜料盒递给严沫之后，顾天海的强迫症和洁癖症一发不可收拾。他拿着标签纸和收纳工具走进了严沫的房间，将她所有的东西分门别类，贴上各种标签。

一个小时后，大功告成的顾天海热出一身汗。他稍微打开一点窗户透气，窗外的风吹进来，一本放在窗边的画稿被风吹散。顾天海急忙将散落一地的画稿捡起来，按照页码排好。

“美甲少年的春天？”顾天海看了看画稿的标题，冒出一阵冷汗，没想到严沫还重新画了一次。顾天海百般无奈，却没有撕掉，而是坐在靠着窗台翻开看了一遍。

漫画里的男主角是一个生活艰苦的少年，原本去应聘服务生的他因为长得太好看，被老板娘误以为是女生，给了他一套女生的工服，并让他走向那扇通往美甲大厅的门……

顾天海翻阅着，本想着剧情到最后男主角应该成为出色的美甲师，不料再翻一页，画风就不一样了。男主角因为走错门而穿越到古代，阴差阳错成了皇帝，遇上了一个绝世丑女……

看到这里的时候，顾天海忍不住稍稍捂嘴笑了出来，但再往后面翻的时候，已经没有内容了。故事没有结局，想继续看下去的顾天海也只好将漫画放回整理好的书架上。

大厅内，严沫终于将圣诞树和小苹果弄好了，她拍拍手起身，看着从自己房间走出来的顾天海。面面相觑片刻，顾天海还是没忍住笑。

“你好像彩虹。”顾天海看着衣服七彩斑斓的严沫说道。她做事情总是笨拙而又可爱，让他觉得跟她相处很轻松。

“哼！”严沫哼唧了一声，回了房间换衣服。在她踏入房间的那一瞬间，觉得自己走进了另一个世界，不由得惊呼起来，“顾天海，是你帮我收拾了房间吗？好干净！”

严沫转身跑出来，扑进顾天海的怀里，一顿乱蹭：“和你一起住太幸福了，你在这里长租吧！”

顾天海微微一颤，不由得脸红起来。严沫激动起来的时候总是会忘记男女有别，这一点倒是让顾天海有些头疼。但听到这样暧昧的话，顾天海不由得轻轻扬起唇角。

“冰箱里没什么食材了，我们去超市买一些回来放着吧，不然晚上倒计时的时候没东西吃。”顾天海提醒道，严沫屁颠屁颠地跑回房间换衣服，准备和他一起出门进行采购。

顾天海低头看了看自己的羽绒服，上面染上了严沫身上的颜料。他叹了一口气，也回房间换衣服。

华润万家的字眼嵌在一栋大型建筑物的外墙上，这是这座城市最大的超市。里面有各种生活用品和生鲜食材，还有各大品牌的专柜。顾天海喜欢去这里买东西，因为这里距离严沫家最近，也靠近上班的公司。

很久没有来过超市购物的严沫推着购物车到处奔跑，超市内充满圣诞节的气氛，各大货架都摆上了圣诞老人的头像，圣诞快乐的英文歌也回荡在超市内。见到什么都往购物车放的严沫十分欢乐，而跟在她后面的顾天海则无奈地将她丢进车子里的商品一一摆回原位。

“严沫，不要再把各种口味的方便面丢进购物车了！”跟在严沫身边的顾天海怀里抱着一堆要放回原位的方便面，而严沫选择性失聪，继续行动。

她一下子玩散装绿豆，一下子将手插进散装米里，最后严沫跳进购物车里，让顾天海推着。顾天海只觉得超市内的导购大妈想把他们赶出去。

“这个看起来很好吃！”严沫正要伸手去拿货架上的薯片，而顾天海打了打她的手，推着她走向生鲜区。

“不准吃那么多垃圾食品，我们去买一些肉和蔬菜，晚点涮火锅。”

严沫噘着嘴，恋恋不舍地看着渐渐远去的零食区。

因为要买生鲜食材，严沫只好从购物车内跳出来。两人选择了一些涮火锅的材料之后，推着车子去了收银台付款。

收银台后面是服装专柜，瑶瑶就在前面的专柜上班。顾天海还在整理食材，严沫已经跑到了不远处的专柜探望闺蜜。

“这位小姐，您的品味真是太好了，这件皮草可是我们今年最新推出的，也是我们店里价值最高的，想必穿在您身上一定光彩照人。”穿着工服和高跟鞋的瑶瑶将长发盘在脑后，淡淡的妆容让她有种空姐的斯文感。此时，她正在为一名穿着打扮奢华的年轻女性推销皮草外套。

“嘴巴真甜，就要这件吧。”说话的是一位长发女性，她的头发染成了淡栗色，红唇和淡妆有些不相称，却透着女强人的气息。她从LV包里掏出一张银行卡，递给瑶瑶，“刷卡吧。”

“这位小姐，不好意思，我们这里是超市的专柜，是不能代收款项的，你得拿着票据到前面的收银台付款。”

瑶瑶有些不好意思地道歉，并将写好的收款单递给他，随后指了指不远处的收银台。

女人朝着收银台的方向望去，却正好和迎面走来的顾天海对上视线。她皱皱眉头，没接瑶瑶开的票据便朝着那个方向走去。

“嘿，瑶瑶！怎么样？今天有没有开单？”

严沫突然蹦到瑶瑶面前。而瑶瑶看着走远的顾客有些失落，到嘴的鸭子就这样飞了。

“哎，站了一天好不容易等来一个顾客，却又急匆匆地走了。”瑶瑶失望地努努嘴，感慨着现在做生意真难。

“别气馁，还会有大生意的。”

“你怎么一个人来超市？”

“哦，我跟顾天海一起来的。”

严沫指向收银台的方向，而她看到的是顾天海在跟一个女生拉拉扯扯，似乎发生了什么争执。

“天海，这些日子你都去哪里了？电话不接，短信不回，你到底有没有把我和爸放在眼里？”顾珍妮拽住顾天海的手，想带他回家。

顾天海推开她的手，往后退了一步，摇摇头说：“姐，我不想像傀儡一样什么都接受家里的安排，我想趁年轻到处闯闯。”

“你这叫幼稚！让你出国读金融管理，你不肯，非要去什么美学院，现在还不知所踪！赶紧跟我回家！”

“喂，你是谁，干吗呢？”不知前因后果的严沫跑过来护在顾天海面前，不让这个陌生女人将他带走。

“我是他的什么人，你自己问他。”

“小海，她是你女朋友？”严沫转头问顾天海，在顾天海摇头之后，她做出了惊人的判断，“哦，原来是前女友啊。我告诉你，你别想拉着我的小海走，现在我才是他女朋友，他得跟我住一起！”

顾天海愕然地看着双手叉腰的严沫，有些不知所措。严沫似乎误会了什么，而顾珍妮也因为气焰嚣张的严沫十分生气。

“天海，你的品位什么时候那么差了，这种大妈级别的女生你也喜欢？”

“这位大婶，难道你不知道顾天海就喜欢我这类型的吗？”

“你叫我大婶？顾天海，你马上跟她分手，我绝对不接受她！”顾珍妮气愤地命令着顾天海，而顾天海却保持了沉默。

“就是不分手，你奈我何？”严沫哼了一声，霸道地牵着顾天海扬长而去，留下气得瞪眼的顾珍妮。

被牵着走的顾天海看着严沫被风轻轻扬起的披肩短发，温热的手心将温度传递过来，他忍不住轻轻一笑。

严沫真是一个笨蛋，什么都不清楚却还要见义勇为，可这个笨蛋却总是很轻易地触动他的心弦。

回家后，严沫刚打开门便拍着胸口说教："人生在世，总会遇到几个人渣。有我这种老江湖在，不会有人欺负你的。"

顾天海看着严沫信誓旦旦的模样，哭笑不得，在几经思考之后，决定不告诉她那个凶巴巴的女人是他姐姐。

"我去准备一下火锅材料，你无聊的话，先在大厅看一会儿电视吧。"顾天海一向都是拒绝严沫踏入厨房这片神圣领域的，所以他独自拎着食材去了厨房，留下还在门后换鞋的严沫。

不用动手就能丰衣足食的严沫十分愉快地躺在沙发上，打开电视。墙壁上的时钟显示七点半，正好是晚间新闻的时间。严沫换了几个台，不是天气预报就是新闻联播。

手机短信的声音响起，严沫看着上面熟悉又陌生的数字，怔了片刻。那是李昊的手机号码，那串数字曾经不断地提示空号，而现在却又重新闯入她的视野。

只是，现在的她，不想听到他的声音，也不想看到他的人，更不想知道任何与他有关的消息。

严沫拿起手机，在阅读和删除之间犹豫不决，最后还是点开了阅读：

严沫，我在老地方等你，不管你来不来，我都会在那里等你——李昊。

“我等你的时候，你不在，现在我想重新开始自己的生活，你又何必出现呢？”严沫放下手机，一头栽在沙发上。

她绝对不会去见他，也绝对不听那些骗小孩的解释。严沫望着头顶的天花板，水晶吊灯折射出橘色的暖光，而她的思绪，却和天花板一样空白。

大概过了那个可以为爱情不顾一切的年纪吧？所以现在才不愿再去触碰过去。人越长大会越孤单，而最后，会习惯孤单，并享受孤单。

“随着冷空气北上，本市今晚会有降雪和大风，西部地区会伴随着少量的冰雨。夜间出行的市民们，一定要做好防寒准备，出行注意安全，最后祝大家过一个开心的平安夜。”新闻主播的声音从电视机内传出来，降雪的字眼格外扣人心弦。

严沫坐直了身子，脑海里突然浮现李昊在海边等自己的画面。今晚有大雪和风，海边一定有危险。李昊如果出了什么意外，她也有躲不了的责任。就算是已经分手了，也不能就这样放任不管。

“严沫，帮我拿一个装水果的碟子进来。”厨房内的顾天海冲着大厅嚷着。

大厅内开着的电视开始播放抗日剧，而严沫已经拿着雨伞急急地出了门。顾天海等了片刻都没有得到回应，便走出来看看。

大厅内空荡无人，只有电视里传出的子弹枪支响起的声音。

顾天海打电话给严沫的时候，沙发上的手机发出了熟悉的铃声。严沫走得太急，连手机都没有带上。顾天海走过去挂断电话，却不经意看到那条老地方见的短信。他皱着眉，默默地放下手机，心里有些不愉快。

原来在你心里，那个人那么重要。只要他的一个短信，你就可以放下手头上的所有事情，包括陪在你身边的我……

大雪在呼啸的风中凌乱，即便是打着伞也无法遮挡。冬天的夜晚格外寒凉，海堤边上路灯亮成一条盘龙。海水冲击着海堤以及礁石，发出沙沙的响声。

穿着灰色大衣，戴着纯色围巾的男人正在路灯下来回踱步。他不时搓着冻僵的手，凑到嘴边哈气。暖暖的气体在散入空气中时，变成了一股白烟。他抖动着肩膀，望了望海面上漂浮的灯塔，并没有发现严沫已经站在了不远处。

停在不远处的严沫在看到那个人之后再也没法前进，仿佛有人囚禁了她的双腿。她还记得大学的时候他们喜欢来这里散步。

他们在海边放孔明灯，许着要一直在一起的愿望。而孔明灯还没升上天空便坠入深海，熄灭在一片深沉的黑暗中。

或许那时候她就应该察觉到，他们终将成为陌路人，那些所有美好的回忆，只是校园里众多回忆的一小段。在校园外面，更多的是现实，更多的是人们所谓的前景。

如果当初李昊为了她留在国内，没有出国，现在的他们会不会是另一番景象？只可惜，这世界上没有如果。

严沫本想将雨伞放在不远处再给他发短信，让他撑着伞回家，不要等了。可在摸索了口袋之后，她发现自己走得太匆忙，竟忘了带上手机。

“严沫？”李昊不经意回头，正好对上严沫的视线。他唇角上扬，大步朝着严沫的方向跑来，紧紧将她搂进怀里。

蓝色的雨伞从严沫的手中滑落，大雪肆意地落在他们身上，呼啸的风凌乱着他们的发梢。他们像傻子一样，在这没有人又危险的海边伫立着。

“太好了，我还以为你不会来了。”李昊松了一口气，仿佛用尽全力地紧抱着严沫，“我就知道，在你心里还是有我的，对吗？我们还可以重新开始的对吗？”

“不要再开玩笑了，我们已经结束了。”严沫双手抵在李昊胸前，用力地将他推离自己。李昊往后趔趄几步，站稳之后一脸哀伤，却又立马拽住严沫的手，不让她逃跑。

“你听我解释……”

“我不想听！”严沫摇着头捂住耳朵，不想听任何解释，“李昊，在你心里，我是什么？你突然离开消失了两年，现在又突然回来，你把我当成了什么？呼之则来挥之即去的玩具吗？”

李昊一颤，愣在原地，缓缓松开她的手。而严沫再也控制不住委屈和悲伤的泪水，就这样在李昊面前哭了起来。

“你知道我每天守着打不通的电话过日子是什么感觉吗？那种提心吊胆的感觉我再也不想经历。你就这样消失了，让我一个人像疯了一样每天担心你，让我像疯了一样每天打听你的消息……最后还是你的朋友告诉我，你在国外和别的女的订婚了，你不要我了……你怎么可以这样对我……现在又来求和，你到底想怎么样……”

“对不起，是我的错，我就是一个彻头彻尾的混蛋。”李昊抱住严沫，让她靠在自己温暖的胸膛流泪。

突然止住的泪水化成了愕然，李昊就是这样，总说着温柔的道歉，让人没法不去原谅。他一定是计划好的，他知道她心软，所以才选了这样的天气。

“这两年来，我一直在想你。是我不对，但一直以来，我爱的人只有你一个。严沫，我并没有像别人说的那样，跟别人订婚。你相信我，再给我一次机会，可以吗？”

有时候温柔就像是一个陷阱，严沫总是很轻易地就掉进这个陷阱里，泥足深陷，无法自拔。她到底该怎么办？明明想要转身离开，却没法推开面前的人，仿佛这样久违的拥抱还可以唤醒沉睡着的感情。

已经过去的一切，真的还可以重新开始吗？

严沫不知道，也不敢肯定，她给不出答案，只能任由自己不停哭泣……

风雪在窗外呼啸，敲打着玻璃窗。顾天海望了望落地窗外忽明忽暗的灯光，转身走到餐桌边坐着。

餐桌上已经摆满了准备好的食材，锅内的水烧开了又冷却，冷却后又被重新烧开。顾天海百无聊赖地坐在椅子上，望着快走到十二点的时钟。

这样的天气严沫会去哪里？那个笨蛋会不会在路上走丢了呢？连手机都没有带上，该不该出去找她？

顾天海不由得担心起来，严沫已经出去几个小时了，再不回来，平安夜就过去了。说好一起过平安夜，一起进行圣诞节倒计时，现在却只剩下他一个人守着电磁炉。

还是去找一下她吧，那个笨蛋说不定迷路了，又或许没有带雨伞出门。

就这样想着，顾天海起身穿了件外套，带上自己的雨伞，准备出门去找找严沫。

大门打开的瞬间，走到了十二点的时钟叮咚响了起来，窗外黑暗的天空绽放璀璨的烟花。顾天海却久久伫立在门口，望着眼前的两个人，说不出话。

刚好回到门口的两人沉默地站着，严沫手里拿着伞，微微低头，神色黯淡。而站在她对面的李昊也微微低着头，一脸柔情地看着她。他摘下自己的围巾，裹在严沫的脖子上，动作亲昵。

“圣诞节快乐！”李昊浅浅的笑容就像一根刺，硬生生扎进了顾天海的瞳孔里。

李昊俯身想要吻别，而比他更快一步的顾天海，往前一步伸手将严沫拽了过来。并没有成功吻到严沫的李昊挑眉望向顾天海，两人对上的眼神有种较量的味道。肆意散开的敌意让气氛变得有些剑拔弩张，李昊忽然露出类似胜利的笑容，似乎对眼前的敌人不屑一顾。

“谢谢你送严沫回来，天色不早了，我们要休息了，就不送你了。”顾天海紧紧拽住严沫的手腕，狠狠关上门，将李昊隔绝在门外。

“小海，我手腕好疼。”严沫抬起被顾天海掐住的手腕，手腕上的力度似乎可以掐碎她的骨头。

顾天海斜睨了她一眼，并没有表明自己的情绪，而是松开她的手，径直走回自己的房间。

严沫想跟上去解释自己突然出去的原因，而顾天海在迈进房间后便关门上锁，将严沫堵在了门外。

站在门外的严沫抬起手，想要敲门。即将落在门上的手突然停顿了，严沫低下眼眸，转身背靠着门，缓缓坐在门外的地上。

“小海，你在生气吗？”

“我困了，明天要上班，先睡了，你肚子饿就自己去煮东西吃吧，晚安。”顾天海的声音从门内传出来。

门缝内的灯光熄灭，严沫听到顾天海关灯盖被子的声音。她看得出顾天海生气了，但却不知道他因为什么生气。

是因为她不辞而别？还是因为说好一起过平安夜，一起倒计时，最后却放了他鸽子？

“小海，圣诞节快乐。”严沫蜷抱双膝坐在顾天海的门外，将头埋进膝盖，缓缓闭上眼，等待顾天海和她说圣诞快乐。

说来搞笑，她也不知道自己为什么固执地等在顾天海房门口。难道真的只是为了一句“圣诞快乐”？抑或者是出于愧疚？可若说是愧疚，这愧疚未免也太“深刻”了。

而房间内的顾天海似乎真的睡着了，他一直沉默着。沾在严沫身上的白雪在室内融化了，严沫就这样坐在门口睡着了……

或许人都难以放下过去，就像严沫现在，放不下过去，害怕走向未来。连她自己也不知道是什么状况，又在为什么而迷茫。

翌日。

顾天海打开房门的时候，在门外睡了一晚的严沫往后一栽，倒在了顾天海的脚边。惊醒的严沫睁开惺忪的睡眼，望着俯视自己的顾天海。

顾天海的视线不由得落在了她微敞开的衣领处，随后脸红地移开视线。意识到什么的严沫迅速用手捂住露出胸脯的衣领，一个翻身从地上站起来。

“阿嚏——”刚醒来的严沫打了个喷嚏，似乎有些着凉。

叮咚的门铃声响起，门外的叶紫欣准备好了圣诞礼物，迎接顾天海。

严沫打开门的时候，一阵寒风吹进来，她不由得打了一个喷嚏。而这个带着口水和鼻涕的喷嚏，很自然地溅了叶紫欣一身。

“Shit！”一向淑女的叶紫欣忍不住用英语来表达自己的嫌弃和愤怒。了解叶紫欣性格的顾天海急忙将严沫往后拉去，护在她面前。

“紫欣，你来找我一起上班？”顾天海递给她一张干净的纸巾，叶紫欣接过纸巾，擦拭着脸上和衣服上的口水，随后微笑地递上自己的礼物。

“天海，圣诞节快乐！你有给我准备礼物吗？”叶紫欣递上自己的礼物之后便不客气地走进屋内参观着。

在餐桌边上有一个还没有拆封的礼物盒，那是顾天海准备送给严沫的圣诞节礼物。叶紫欣欢喜地拿过礼物盒，询问道：“天海，这是给我准备的吗？”

“这个……”因为昨晚的事情，这份礼物还没来得及送出去。而现在，他不知道这份礼物还该不该送出去。

李昊回来了，严沫大概会和他重新开始吧？那这份礼物，大概也没有送出去的意义了吧？

“你拆开看看喜不喜欢吧。”顾天海犹豫了片刻，说道。

一直被冷落的严沫在叶紫欣拆开礼物盒时，有些失落。盒子里是一条丝巾，算不上高档，却很精致。

男生送丝巾，是喜欢的意思吧？

原来顾天海喜欢的人是叶紫欣啊。

“阿嚏！”一直敞开的大门将冷风吹进来，严沫打了个寒战，鼻涕流了出来。她急忙回房间擦鼻涕，并钻进被子里，不在外面站着当“电灯泡”。

外面的温度明明很冷，她的身体却异常地热了起来，大概是要感冒了吧？就这样想着，严沫盖着被子，闭上眼睛。

大厅外传来关门的声音，脚步声渐渐远去。严沫觉得有些头痛，呼吸的时候鼻子有些酸涩。是因为熬夜和受了风寒吗？顾天海不在的时候，她真的照顾不好自己呢。

就这样想着，严沫又昏昏沉沉地睡着了……

第四章

想结束一段感情又害怕彻底失去

“天海，听说今晚中心广场有一场音乐会，很多人去。我手上有两张门票，你陪我去好不好？”叶紫欣将顾天海送的丝巾系在脖子上，虽然不像她的风格，她却很喜欢。

顾天海不知道叶紫欣喜欢自己什么，他明明既幼稚又不成熟，她却把他当成宝贝一样。

这大概就是喜欢一个人，不计得失，没有原因吧。即便对方是个笨蛋，是个傻瓜，也还是义无反顾，想要去守护他的笑容。

“天海，你在想什么呢？”叶紫欣拽了拽顾天海的手臂，像女朋友在对心不在焉的男朋友撒娇，表示不满。

顾天海轻轻地将自己的手抽离，他并不喜欢被叶紫欣挽着手臂黏黏糊糊的感觉。

“毕竟我们还没确定关系，所以你以后还是不要随便就跟别人说我是你男朋友这种话。”顾天海不太会拒绝人，再说了，女孩子总是要面子的。只是他的“贴心”被叶紫欣误会了。

“那我们就从朋友做起，我昨天去见过你姐姐了。”叶紫欣回忆着昨天去顾天海家的场景。因为去的时候给顾珍妮和伯父都带了礼物，所以顾珍妮格外喜欢她，“你姐姐说，像我这样优秀的女生才配得上你……对了，你还没答复我呢，陪不陪我去？”

“下班后没什么事情的话就陪你去吧。”想到昨天严沫回家时的一幕，顾天海应了下来。

而得到保证的叶紫欣十分满足，在工作时脸上也一直带着笑意，这让公司员工都忍不住议论，猜测她心情好的原因，也在私底下讨论叶紫欣和顾天海的关系。

顾天海虽然有些在意别人说闲话，但叶紫欣却乐在其中。知道会越抹越黑的顾天海只好选择沉默，继续完成上级交代下来的任务。

在家里躺了一整天的严沫在迷迷糊糊中醒过来，周围的一切好像都在旋转，仿佛所有的热度都聚集到头部。晕眩和想吐的感觉侵蚀着每一个细胞，而严沫却因为胃里没有食物而吐不出来。

“好难受。”严沫裹着被子走向大厅，不知是因为被子重，还是因为头晕，她走起路来有些摇晃，“该不会是发烧了吧？”

严沫抬起手背摸了摸自己额头的温度，额头的温度似乎真的比平时高很多。但除了额头之外，她觉得身体很冷。

“药箱在哪呢？”严沫裹着被子瑟瑟发抖，在贴着药箱标签的抽屉前停了下来。她蹲下身子，拉开抽屉。

抽屉内是各种购买日期不明的药，严沫翻着退烧药，却意外地翻出了几年前的药瓶子。严沫停顿下来，看着药瓶子上面的字：笨蛋专属。

“你整天都把药瓶子乱放乱丢，吃错药了怎么办？我来给你写上记号。”李昊坐在沙发上，拿着油性笔往药瓶子上面写字，“我把用量和服用次数都写上去了，你记得不要吃错。”

“你在写什么？”严沫靠在李昊身边，望着他在药瓶子上面补充了“笨蛋专属”四个字，“你才是笨蛋！”

“你啊，整天都迷迷糊糊的，要是我不在了，谁来管你。”

“不会的，你会一直在我身边的。”

过去的记忆历历在目，仿佛就在昨天。

而现在，只留下一个空空的药瓶子，和再也没有依靠的肩膀的她。

“顾天海那个笨蛋，清理杂物的时候就不懂得把这些没用的药瓶子丢掉吗？”严沫紧紧地攥着药瓶子，随后丢进装满废纸的垃圾桶里。

不管这个家里还有多少关于李昊的回忆，她都要清理掉，不要再被这个人左右自己的情绪。昨天已经是个意外了。

“顾天海什么时候下班？头好晕怎么办？”严沫扶了扶头，然后裹着被子倒在沙发上。

她的呼吸渐渐变得炙热，内脏好像在燃烧着。她拿起手机，编辑了一条短信发给顾天海，随即陷入昏迷状态。

平安夜过后，城市逐渐被皑皑大雪覆盖。

出行的车辆却并没有因此减少，大雪覆盖的路面留下一道道车轮的轨迹。

戴着手套的小孩躲在高大的建筑物后面，和同伴玩着掷雪球的游戏。

中心广场的周围还有许多堆雪人的情侣，一些举着自拍杆拍照的游客兴奋地讨论着下一个游玩的地点。中心广场的舞台上遮着红色的幕布，台下是一排排座椅，座椅的外围是迂回的走道，走道的入口站着收票工作人员和保安。

顾天海很少来中心广场，因为这里人多拥挤，容易发生偷窃事件。

“天那么冷，你怎么不戴围巾？”广场上一对穿着情侣装的情侣正在堆雪人。男生发现女生脖子上没有裹围巾之后，将自己的围巾解开，绕上她的脖子。这样亲昵的动作让顾天海不由得想起昨天——李昊也这样亲昵的为严沫戴上围巾。

“天海，你在想什么？”叶紫欣的声音拉回了顾天海的思绪。顾天海恍惚了一下，讷讷一笑，继续往前走着。

不知为何，顾天海的脑海里一直浮现着昨晚的画面。明明是跟自己没关系的事情，却总是去回想。

“滴滴”的响声从顾天海的裤袋内传出来。顾天海随着叶紫欣一边走一边掏出手机查看短信。

发来短信的是严沫，在还没有点开内容的时候，顾天海是打算告诉严沫今晚不回家吃饭。而他点开时，正好和叶紫欣停在入场处。显示屏显示着两个字：救命。

救命？难道严沫出事了？家里来坏人了？

顾天海担心地想着，心里生出一丝不安。他心无旁骛地转身就往回走，在钻入出租车内后直奔别墅，甚至忘记要和叶紫欣解释一下。

不明所以的叶紫欣站在入场口，看着消失在视野内的出租车，过了许久才想起要生气。

“顾天海，你去哪儿！”叶紫欣冲着已经消失的背影大喊，气得直跺脚。

周围人传来异样的目光，觉得丢脸的叶紫欣狼狈地离开了中心广场。

待出租车徐缓地停在别墅楼下后，付了车费的顾天海三两步跑上楼。

裹着被子昏睡过去的严沫躺在地板上，顾天海看着像一具尸体的她急忙跑上前测试生命体。

“严沫？严沫？醒醒。”顾天海探测了一下她鼻下的呼吸，她的呼吸有些急促，温度也有一些高。顾天海顺势将手放在她的额头上，她的体温告诉顾天海，她发烧了。

“白天还好好的，怎么突然就发烧了？一定是昨晚受了风寒，这个笨蛋，无端在我房间门口蹲一晚是要闹哪出？”顾天海无奈地叹了一口气，想一鼓作气地将严沫抱回沙发。而小看了她的重量的顾天海，还没站起来就跌坐回地上。

“原来这家伙一点也不轻。”顾天海感慨着，并重新蓄力将她横抱起来。严沫离地的时候，顾天海觉得自己的双臂因为受力而微颤。他小心翼翼地抱着严沫，将她放在沙发上。

看来是上次严沫醉酒时还有些许意识，能走动，所以才给他造成了误解。

意识被体温灼烧着的严沫，只能感受到有人在自己身边来回

走动。冰凉的毛巾吸收着她额头的温度，而她只能让游离在身体之外的意识去观察着这一切。眼前的一切似乎都很模糊，

这个时候，会是谁在照顾她？

“严沫，来，吃点退烧的药。”顾天海为严沫敷上冷毛巾，盖好被子后就出去买感冒药了。当他回来的时候，严沫额头上的冷毛巾已经有了一定的温度。

他数好了药丸的数目，端来一杯温热的开水，小心地半扶起躺在床上朦朦胧胧的严沫。

在严沫模糊的记忆里，李昊总是在她生病的时候无微不至地照顾她。而生病这件事也让她的思维有些混乱，于是她做出了本能的反应。

“浑蛋，不用你管我，你滚开！”严沫推翻顾天海端来的热水，用尽全力推开顾天海。玻璃杯碎落一地，顾天海一颤，严沫则虚弱地重新倒在沙发。

拿来清洁工具，顾天海将残渣收拾干净，躺了一会儿的严沫热泪盈眶：“李昊，当初为什么要丢下我，为什么……”

“严沫，你好好看看我是谁？我是顾天海，不是那个总让你难过的浑蛋！”一股莫名的怒意在顾天海的心里燃烧。

明明陪在她身边的人是他，她却总把他当成另一个人。难道

在她的心里他就是一个微不足道的人，一个浑蛋的替身？

顾天海上前抓住严沫的双臂，微微用力地摇晃，希望这样能让她清醒一些，能让她看清楚他是谁。

“为什么要丢下我，为什么要说着一遍又一遍的谎言，为什么，呜呜……”严沫并没有听进顾天海的话，泪珠不断从眼里坠落，像断了线的珠子。

虚弱无力的她却依旧用尽全力去推开顾天海。直到柔软的唇融化了所有的言语。

顾天海突然凑上来，狠狠地堵住了严沫的嘴。炙热的泪珠沾在他的脸上，那一刻，他只想让眼前这个笨蛋停下来，不要再提那个让她流泪的浑蛋。

泪水和柔软的唇交织着，严沫安心地闭起眼，被顾天海抓住的手臂微微一动，自然地落在他的腰上。

而当顾天海冷静下来后，理所当然被自己的举止吓到了。他急忙推开严沫，往后退开几步。失去支撑的严沫又一头栽倒在沙发上，继续闭起眼睡了过去。

“我到底在干什么？”顾天海看着躺在沙发上的严沫，心如鹿撞。没等严沫清醒过来，他急忙带上外套跑出别墅。

夹着雪的风吹在脸上，让人异常的清醒。顾天海坐在路边树下的椅子上，努力让自己的心跳平静下来。

是从什么时候开始，严沫的一切都能左右他的情绪？

坐在椅子上的顾天海弓背抱头，修长的指穿过稍长的碎发，双肘借助双膝支撑着。他呆呆地望着脚下的一片雪地，整理自己紊乱的思绪。

如果他心里的声音没有错的话，他应该是喜欢上严沫了。

但是，该不该告诉她？

严沫知道之后，会接受还是拒绝？

顾天海深吸了一口冷空气，仰起头望着苍茫的天空，不知如何是好。

翌日早晨。

顾天海从超市走出来，他买了一些滋补的食材，打算做给严沫吃。

在回去的路上，他不停地思考着，如果严沫醒来，问起他吻她的事情，他应该怎么回答？

是告诉严沫他喜欢她，还是告诉她，那只是她生病时候产生的错觉？

顾天海走到门口正要开门时，惊讶地发现大门半掩着。顾天海停在门外，屋内传来瑶瑶和李昊的声音。

“严沫，要不是你有一把钥匙在我手里，你今天病死在这里都没人知道！”瑶瑶有些生气地说着。瑶瑶因为打不通严沫的电话，所以选择直接开门进来。

“严沫，你一直不接我电话，我很担心，就和瑶瑶过来看看，没想到你生病了。你生病了怎么不告诉我？你知道我一定会来照顾你的，你真是个傻瓜。”李昊沉稳而带有磁性的声音传进顾天海耳中。

透过门缝，顾天海看见李昊正在为严沫拧毛巾敷额头。严沫似乎恢复了一点意识，她凝望李昊的眼神就像刺一样扎在顾天海的瞳孔中。

那个笨蛋，一定以为一直在照顾她的人，是李昊。

或许，从头到尾，他都是第三者，一个多余的人。

顾天海失落地垂下眼帘，他将买好的食材放在门外之后，转身离开了。

“瑶瑶，你要上班就去吧，我留下来照顾严沫就可以了。”坐在沙发边上的李昊抬起头，温柔地说着。

“你就是嫌我这个‘电灯泡’太刺眼吧？”瑶瑶一语道破，随即提着手提包朝着门口走去，接着说，“那我先走了，你好好照顾严沫。”

瑶瑶虽然不太喜欢李昊，但李昊这次回来之后做了许多解释和忏悔，就算真要拒绝他，那也应该由严沫决定，而不是她。更何况李昊不在的几年里，严沫的难过和悲伤她都看在眼里。现在李昊回来了，她自然想帮两人一把，也希望李昊对严沫的好是出自真心。

“门口怎么有一袋食材？”瑶瑶走出门口的时候看到了那袋生鲜食材，她记得来的时候并没有看到，难道是顾天海回来过？严沫家那个小师弟租客？

“严沫，顾天海好像买了吃的在门口，你让李昊煮给你吃吧，我先去上班了。”瑶瑶将门外的食材提了回来，随即离开了严沫家。

严沫看着那袋食材，脑海里忽然浮现出那天顾天海亲吻她的画面。

难道说那段模糊的记忆不是梦？在李昊和瑶瑶到来之前，一直照顾她的人是顾天海？

严沫望着大门的方向，微微垂下眼帘，有些想不明白自己心里在想些什么……

严沫生病的时候，李昊以照顾她为由，总是在她的家里进进出出。

顾天海每天下班回来的时候，李昊已经将饭菜做好了。李昊穿着他平时穿的围裙，见到他之后露出狡黠又难以揣测的笑容，似乎在说：我才是这个家里的男主人，现在我回来了，你最好识相一点把位置让出来。

顾天海从没吃过李昊做的饭菜，李昊在的时候，顾天海下班会买快餐或者面包回房间吃。

虽然生病的严沫似乎也并不太喜欢李昊在自己家里进出，但瑶瑶总有点想帮两人重归于好的意思，总带着李昊过来。再加上现在的李昊比之以前多了“死皮赖脸”的属性，她一般的拒绝根本打击不了他。

严沫时常听着开门的声音，不知道自己是在等顾天海还是李昊。每当她看到顾天海推开大门，又转身走回房间的时候，心就莫名地冷了起来。这样的冷漠和李昊的热情形成鲜明的对比，所以在严沫退烧的时候，她和瑶瑶吵了一架。那时候顾天海在房间内，瑶瑶和李昊在大厅。

“瑶瑶，如果你还当我是朋友，就不要一天到晚把这个渣男带到我家！”严沫指着提着水果跟在瑶瑶身后的李昊，他明显因为严沫的这句话而感到愕然。

“严沫，你是不是病傻了？是谁两年来一直跟我哭诉失恋太痛苦？是谁一直过得浑浑噩噩？是谁一直给我打电话说想念谁谁谁？现在你心心念念的那个人回来了，我好心帮你，你冲我吼什么！”瑶瑶也是一个暴脾气的人。

“我现在已经不想不念了，我只想过自己的生活，麻烦你们都不要在出现了！麻烦你们从我家离开！”严沫指着门口的方向，歇斯底里。房间内的顾天海屏住呼吸，听着大厅的动静。

听到严沫的这番话，瑶瑶怔了怔，原本恼火的情绪也急速冷静下来。她意识到自己在做一些多余不讨喜的事，她虽然对严沫的不领情有些生气，但也意识到自己在“助纣为虐”。

李昊明明是一个不可靠的人，她却还以为他和严沫可以像过去一样吵吵嘴便和好。她看着严沫和李昊一路走来，看着他们闹别扭，分分合合，天真地以为她曾经看好的一对会回到过去。

其实时间早已经拉开了他们之间的距离，瑶瑶作为一个局外人，既为他们着急，也为自己的幼稚和冲动感到惭愧。

瑶瑶叹了一口气，将别墅的钥匙轻轻地扔在地垫上，走出了严沫的家，而被下了逐客令的李昊也低下眼眸，尴尬地离开了。

大厅内的嘈杂声终于消失了，在安静了一阵子之后，轻轻的啜泣声忽然传入顾天海的耳中。顾天海犹豫片刻后，开门走到了大厅。

大厅内的严沫光着脚丫，靠着沙发坐在地毯上。她蜷缩在小小的角落，半埋着头小声地啜泣。顾天海不知道她是因为李昊离开而难过，还是因为和瑶瑶吵架而难过。

在顾天海走到严沫面前的时候，严沫笑着抬起头，眼中的泪珠却不受控制地坠落，溅碎在她的手臂上。顾天海微微叹气，蹲下身子揉揉她的脑袋瓜。

“有没有人告诉你，你哭的时候特别丑。”

“顾天海，你有没有同情心！”一下子恢复元气的严沫抓起抱枕，像锤木桩一样，往顾天海身上砸去。顾天海见严沫又恢复c成元气满满的模样，忍不住露出笑意。

就在这时，一阵咕噜声从严沫的肚子里发出。顾天海看着突然停顿下来的严沫，最终扑哧一下笑出声。

“你真是一只喂不饱的猪。”顾天海笑完之后，转身去查看冰箱。

冰箱里还有很多瑶瑶带过来的食材，顾天海随便挑了几样，走进厨房做菜。严沫靠着厨房的日式推拉门，探出半个身子，看着散发着家庭煮夫气息的顾天海。

“小海，我要吃香菇炖鸡。”严沫眨巴着澄澈的大眼睛，然后兴高采烈地走到餐桌边坐着等“投喂”。

还在厨房忙活的顾天海再次感叹：严沫的心情真的是一时风一时雨。

时间如同流水，匆匆而过。圣诞过后的元旦比以往更加冷清，原本想和顾天海倒计时的严沫做了许多准备，而顾天海因为公司加班又去了西区好几天，错过了和严沫倒计时的时间。在那之后，严沫也因为画稿过审的事情再次忙起来。

年底的时候大家都忙到忘记了时间，许久没有和严沫联系的瑶瑶也渐渐忘记了之前吵架的事情，并狡猾地告诉严沫，自己还有一把她家的备用钥匙。严沫忙于和责任编辑讨论出版的事宜，并没有和瑶瑶长聊，瑶瑶念叨几句便也开始为年终奖而努力。

叶紫欣因为之前的事情还在生气，这段时间便没有像之前一样缠着顾天海。加上工作的原因，叶紫欣被调到了另一个项目组。听不到叶紫欣黏黏糊糊的声音，顾天海也松了一口气。

这一年的春节比以往来得更早一些，天还没有完全冷起来便觉得春天很快会到来。大雪在一片通红的气氛中，仿佛能变得温暖不少。

忙了快一个月的严沫和顾天海正在门口贴对联，因为买对联的时候没有根据大门的尺寸选择，他们贴好之后便觉得对联买太小了。

“小海，你觉不觉得我们的对联好像买小了？”

“好像是有点。”还站在梯子上的顾天海也看了看，认可地点点头。

“不管它了，我们去买菜吧，今天过春节我们要包韭菜饺子。”提起吃的，严沫的眼睛都在放光。

顾天海从梯子上下来，将沾满红色污渍的手洗干净，和严沫朝着超市的方向走去。

路面上的大雪覆盖着城市原本的面貌，环卫工人正拿着扫把清扫地上的积雪。阳光暖暖地洒在人们身上，街上的积雪也逐渐融化。

严沫踏着路面上的雪花，像一个淘气的孩子，蹦蹦跳跳。

“哎呀！”绊到石头的严沫往前倾去，顾天海急忙一把拽住她的手腕，用力地将他往回拽。严沫撞进他的胸膛，眨巴着眼睛看了看他发红的脸颊。

街上的人们投来目光，不时说着这小两口当街展示恩爱。顾天海急忙轻推开严沫，两人继续往超市的方向走着。

突然的沉默让气氛变得有些奇怪，许久之后，严沫忍不住笑出来，调侃顾天海，说他就像是青涩的高中生。顾天海憋红了脸，在走进超市之后慌乱地买了一堆生鲜食材，快步走到收银台排队付款。

“小海，你脸红的时候特别像害羞的小姑娘，哈哈。”严沫没心没肺地笑着，继续调侃，身后排队的人也忍不住笑他们。

“你女朋友挺可爱的。”收银的大妈看着顾天海和严沫，露出憨实的笑容。顿了一下的顾天海本想解释，而身后的严沫已经将手搭上他的肩膀，探出头来。

“我超可爱的。”

顾天海没有反驳，而是提着装好的食材大步地走在前面。严沫也屁颠屁颠地跟在他身后，朝着回家的方向走着。

“小海，你怎么那么容易脸红？”

“小海，你走那么快做什么？”

“小海，你是不是喜欢我？”

喋喋不休的严沫突然撞上了顾天海的背，突然停住的顾天海微微低着眸，提着环保袋的手骤然收紧。就在他准备转身表明自己心意的时候，一辆电动车徐缓地停在了他们身侧。

电动车的主人按了喇叭，引起他们的注意。

“严沫。”叫住严沫的是骑着电动车的顺丰快递小哥。

作为资深宅女，严沫接收快递的频率是非常高的。负责这一带快递派送的小哥们最熟悉的路线便是去往严沫家。

“正要去给你送快递，没想到在这里就看到你了。”

顺丰快递派送员动作娴熟地撕下快递盒上的条形码，而后将快递递给严沫，并给了她一支笔示意她签名。

严沫记得最近并没有买过东西，快递小哥为什么会叫住她？

她有些疑惑，看了看快递地址栏的地址，的确是她的地址信息。而为了不妨碍快递派送员工作，她只好先将快递收下。

顾天海并不好奇严沫买了什么，毕竟从他住进这间别墅后，每次午睡时将他吵醒的，不是闹钟，而是快递派送员。

严沫和顾天海继续往家的方向走着，她有些好奇地拆开快递包装袋，一个精致的信封从包装袋内滑出来，上面写着“邀请函”三个字。顾天海蹲下身子帮她捡起掉在地上的邀请函，并递给她。

“模型展览邀请函？”严沫打开邀请函之后，神色突然黯然了几分。

发出这份邀请函的人，是模型设计师李昊。严沫沉默地停驻在原地，拿着邀请函的手渐渐收紧，仿佛要把那张卡纸捏碎。

是从什么时候开始，李昊的名字变成了她不安的原因，这样的不安，在午夜梦醒的时候格外强烈。仿佛能禁锢她，让她无法前进。

“谁要去模型展览？”严沫低着头，朝垃圾桶的方向走去。

“严沫，逃避过去就好像把自己困在记忆的牢笼里，里面的人出不去，外面的人进不来。”顾天海在她即将丢掉邀请函的时候伸手夺过。

他严肃地低眸看着她，似是将所有勇气都灌输在她身上。同时他的严肃也和她的退缩形成鲜明对比，她的懦弱在他的眼里无所遁形。

“我陪你一起去。”

严沫愕然抬眸，望着一脸毅然的顾天海。

这是她第一次在这个小鬼头身上看到男子汉气概。那个一直被她当成小鬼头的少年，原来也有这样的气魄。

严沫忍不住轻轻扬起唇角，默默地点点头应允。

年后的商场依旧挂着各式各样的红灯笼，过完年之后，商场的人开始多了起来。

顾天海拽着严沫进了时装店内，并将不同风格的裙子拿给她去试穿。而他们之所以会出现在这里，是因为顾天海下班打开门的时候，严沫穿着一套中学生风格的运动装，对他说：“小海，我已经准备好了，我们可以出发去模型展览了！”

特意买了一套西装的顾天海难以置信地看着严沫，他对她的打扮感到震惊，久久不知所措。

难道严沫是把模型展览当成漫展了吗？

对此，严沫义正词严地回答：“这已经是我衣柜里最好的一套衣服了。”

当然，顾天海并没有理她，仍旧禁止她穿成这样去模型展览。严沫失望地重新选择衣服，而顾天海惊讶地发现，严沫衣柜里不是大妈装就是连体睡衣，居然还有一些尘封多年的角色扮演的服装。

果然这套运动装是最好的一套了……

“我该拿什么拯救你？”顾天海看着严沫拿出来的衣服，扶额叹息。

而在距离模型展览只剩两个小时的空隙里，他不得不拽着严沫去买一套更“正经”的服装。

向来不怎么打扮的严沫抱着顾天海堆在她怀里的几条连衣裙，跟随在顾天海身后。顾天海还在选择一件合适的外套，选好了便推着严沫去试衣间试穿。

“小海，我觉得我平时穿的衣服就很不错啊。”严沫没什么底气地说着，而顾天海顿了一下，无奈叹息。

“这次的模型展览既然是以邀请函的方式发放的，说明来参加的人也不是一般人。你还是选一套适合出席公众场合的衣服吧，我可不想一会儿被所有人盯着指指点点。”顾天海选好后，将严沫推进试衣间，“你都拿去试穿一下，我在外面等你。”

严沫进了试衣间之后，开始了漫长的试衣服之旅。在外面等着的顾天海有些无聊，他在店里随便的逛着。最后，他停驻在透明的玻璃门边。

门外是川流不息的街道，行色匆匆的行人和逐渐亮起的霓虹灯，构成了城市中最常见的夜景。

一抹熟悉的身影，从不远处的商场走出来。

顾天海散漫的眼神随着那抹身影聚焦起来，他透过玻璃门，看到李昊挽着另一个女生走过马路，他们手里提着大大小小的购物袋，脸上洋溢着恋爱的甜蜜。

李昊身边的女生是谁？

片刻，顾天海脑海里掠过这样大胆的想法：李昊可能脚踏两只船。

但这样的想法很快又消失了，李昊毕竟比自己早出来社会，经历过社会洗礼。工作上有几个异性朋友，也属于正常吧？

“小海，我穿这套好看吗？”严沫的声音将顾天海的思绪拉了回来。

顾天海转身的时候，严沫正在整理裙摆。紫色绣花边连衣裙让她看起来高贵了几分，搭配着白色的长袖短外套，给人一种名媛的感觉。

顾天海第一次见到这样打扮的严沫，心跳不由得快了几分。

“这套很适合你。”顾天海浅浅一笑，认可了这套服装。终于不用再试衣服的严沫也兴高采烈地穿着去付款。

顾天海因为不确定李昊和那陌生女人的关系，并没有告诉严沫自己所见。在严沫付完款之后，他带着她去买了一双磨砂质地的银色高跟鞋。

随后，两人叫了一辆出租车，赶往邀请函上的地点。

出租车停靠在目的地。先下车的顾天海绅士地替严沫拉着车门，借自己的手给她扶着走出来。

严沫抬起头，望着深邃夜空下的建筑物。

模型展坐落在城市的艺术博览馆内，那是一栋外墙都是反光玻璃的建筑物。嵌在地面的灯，将不同颜色的光束投射在建筑物上。高耸的建筑物在轻飘着雪花的夜里显得格外迷人。

严沫紧张地拽着顾天海的手臂，迷茫地仰头望着这灯光闪烁的建筑物。

身后的出租车徐缓地开走，拿着邀请函的人从他们身边走过，有说有笑地讨论着关于展览或者自己的事情。

顾天海牵着驻足不前的严沫，握了握她的手，给她向前走的勇气。

灯光下的顾天海穿着成熟的灰色西装，他的侧脸被灯光勾勒出和以往不一样的坚毅线条。今天的他像一个为她披荆斩棘的骑士，护送她走到皇宫的顶端。

严沫安心地收回视线，迈开了步伐，两人一同走进了模型展览馆。

在迈进模型展览馆的那一刻，严沫所有的勇气都消失殆尽。展览馆内有来自各大阶层的人们，也有许多所谓的名流。严沫并不认识这里的人，但从他们不俗的打扮来看，出现在这繁华灯光下的都是上流社会的人。从没参与过社交的严沫有一种莫名的不安，似乎这些人的存在将她衬得尤为渺小。

“小海，我们……不如……回去吧？我……”严沫牵着顾天海的手在微微颤抖，这个地方让她感到害怕和紧张。

而顾天海转向他，舒然一笑，紧紧地牵了牵她的手，说：

“有我在，你不用害怕。”

所有的战栗在那句话说出口时，瓦解成无尽的温柔。严沫看着这样的笑容，莫名心悸，也莫名心安。她抬起头，回了一个自信的笑容。

顾天海微微愕然，浅笑一下，牵着她的手走入人群中。

在这个偌大的展览室内，摆满了各种建筑物的模型，以及形态各异的人物设计模型。严沫渐渐地融入眼前的环境，看着李昊设计的模型，内心感慨这两年他的成长和变化。

原来，一直在原地驻足不前的人，只有她一个。

正端着红酒和宾客聊天的李昊很快看到了人群中的严沫，以及牵着严沫的顾天海。他不由得微微颦蹙，放下酒杯朝着那个方向走去。

“严沫，我就知道你会来。”

李昊伸手搂住严沫的肩膀，微笑地将她从顾天海身边夺过来。但当顾天海正要拉回严沫的时候，叶紫欣的声音突然从不远处传来。

叶紫欣是作为建筑商的千金受邀而来的。但是，她并不知道顾天海也会出现，所以在看到顾天海的时候，她急忙踏着高跟鞋跑了过来。

“天海，你是来找我的吗？”

叶紫欣自信地挽过顾天海的手臂，眼眸中闪烁着异样的光芒。这样的光芒让周围一切都变得黯然了，也像一杯冷水泼了严沫一身。

“严沫，我有东西给你看，你跟我来。”

此时，李昊搂着严沫的肩膀朝着另一个方向走去。

当严沫回过头去看顾天海时，只见顾天海被叶紫欣紧紧地挽着手臂拉向别处。当她回正视线时，已经随着李昊停在了一个大型模型面前。

这是一栋欧式风格的木屋模型，模型外面盖了一层玻璃，地上铺着白雪，像一个倒过来就会下雪的水晶球。见此，那些大学时期的记忆，排山倒海般涌入严沫脑海。

“严沫，以后我要办一个展览，为你设计一间幸福的屋子，以后我们的家也要做成那个样子。”

李昊穿着简单的T恤，站在学校的后山上。他面向夕阳，说着未来的事情。严沫幸福地笑着，点头，等着那一天的到来。

可原来，有些承诺实现了，却不再是原来的感觉。

“李昊，我有话要对你说，其实我们已经……”

严沫正要开口说清自己心意的时候，展览的工作人员突然叫走了李昊。事关重要，李昊只好暂时脱身，丢下严沫一个人等在模型面前。

严沫看着他随同工作人员离去的背影，嘲讽一笑。

李昊还是和以前一样，只要有比她更重要的事情发生，他便会选择先放下她，所以现在她又有什么放不下的呢？

严沫看了看那象征幸福的木屋模型，转身去找顾天海。

“天海，之前你扔下我一个人就走了，我真的很生气。你居然没有跟我道歉，还跟没事发生一样。”

“对不起，我一不小心就忘记了，那天真的突然有急事，所以就走了……”

“看在你今天为了找我而出现在这里，我就勉为其难的原谅你了。”

“叶紫欣，其实我今天是因为……”

被叶紫欣拉去甜品区的顾天海有些尴尬，之前把叶紫欣一个人丢在中心广场的事情让他有些不好意思，而之后因为工作的原因又忘了这件事情，没想到今天会在这里碰见。只是她似乎误会了什么。

当顾天海准备解释清楚的时候，叶紫欣凑上了唇，吻了吻他的脸。

严沫站在不远处，倏忽停住了脚步。用余光瞟向她的叶紫欣扬唇轻笑，似乎在宣布着自己的主导地位。严沫一步步往后退去，在顾天海没有看到她黯然神色时转身离开。

模型展览楼下是一个露天的小场地，严沫独自坐在一旁的长椅上呼吸冰冷的空气。叶紫欣亲吻顾天海的画面不停在脑海里播放。叶紫欣看她的眼神，也让她感到羞愧。

在叶紫欣的眼里，她大概是一个第三者吧？可她到底因为什么而不开心？

严沫叹了一口气，觉得心乱如麻。她是为了和李昊正式分手而来的，却又因为顾天海的事情而不高兴。她到底是怎么了？

“严沫？你怎么跑到楼下来了？”李昊的声音从不远处传来，严沫抬起头的时候，李昊已经走到了她面前。办完正事的李昊细心地脱下外套，披在严沫肩上，担心她会着凉，“外面有点冷，你别又着凉了。”

严沫的视线随着李昊移动，他温柔地笑着，坐在她身旁。两人都望着地上的雪花，沉默了片刻。

“严沫，其实我也有话对你说。”在沉默之后，李昊先开口说话了，“其实我一直都很努力地想让自己变成一个更加优秀的人，这样，当我回来的时候就可以给你幸福的生活，就可以撑起你的一片天。你曾经说过，不管我做什么你都会支持我，都会相信我。如果我告诉你，我在国外的每一天都在想你，你信我吗？我一直不联系你，是有苦衷的，但我不能告诉你。严沫，我还是和以前一样爱着你的啊。”

严沫紧紧地拽着裙角，听着李昊动人的情话。她不知道自己该不该相信眼前这个人，也不知道自己是该放下过去还是重新接纳过去。

大脑嗡嗡地响着这样的声音：严沫，你原谅他吧，或许他真的有不能联系你的原因，或许，你们还可以重新开始。

“严沫，再给我一次机会好吗？这一次我一定不会再让你伤心，一定不会再丢下你一个人。我们重新开始好吗？给彼此一个机会。”李昊正视着严沫的时候，那样的眼神让她失去了所有思考能力，那些曾经消失的心悸又再度回来。

她呆呆地看着距离自己越来越近的李昊，说不出拒绝的话语。身体就好像被人施了魔法，无法动弹，只能任由眼前的人逐渐靠近。最后，薄唇相触的时候才渐渐地回忆起那些曾经消失的渴望。

想结束一段感情，却又害怕彻底失去。人是多么矛盾的生物，既害怕孤独，又害怕被伤害。

顾天海站在窗边看夜景的时候，正好看到了李昊亲吻严沫的画面。一股愠怒像火苗一样窜动在心里。他转身离开，而并没有看到那一幕的叶紫欣也随着他走向别处……

第五章

她能从他的唇间看懂那三个字

最后，严沫还是选择推开了李昊。但这一次，她的答案是考虑一下。

顾天海带着严沫一起回家的时候，两人都保持着沉默，似乎谁也不想提及长椅上那件事情。

严沫望着窗外灯红酒绿的世界，车内播放着王心凌那首《还是好朋友》。顾天海也望着窗外的车水马龙，而当他不经意瞥向严沫的方向，正好转过头的严沫与他的目光对上时，两人随即又急忙移开眼，继续眺望窗外。

严沫微微垂下眼帘，不知道该和顾天海说些什么。她闭起眼，用靠着窗边的手撑起侧额，伴着音乐小憩一会儿。

在那段并不长的路程里，她做了个很短的梦。

梦里，李昊没有出国，他们如约踏入了婚礼的教堂。捧着《圣经》的牧师宣读着结婚誓词，问他们是否愿意与彼此成为夫妻。就在她准备回答的时候，一双手将她拽离。她望着那个模糊的背影，听着那人喊着她的名字……

“严沫，到了，下车吧。”顾天海轻轻地晃醒在车内睡着的严沫。

严沫缓缓地睁开眼，望着窗外熟悉的环境。她随着顾天海从车内走出来，回了家。但依旧沉默的他们在梳洗之后就各自回了房间。

这一晚的气氛变得莫名奇怪。而这样的奇怪会不会随着她和李昊和好一直持续？严沫想不到答案，最后倒在床上睡着了。

次日，严沫醒过来的时候顾天海已经去上班了。做好的早餐摆放在餐桌上，她吃完早餐之后回了房间继续构思下一本漫画。

自从顾天海来了之后，她的漫画似乎真的起死回生了，一直对她爱理不理的责任编辑也频繁找她。顾天海就像是她生命中的转机，让她的一切都变得好了起来。

“我又在想什么？”严沫挠了挠头发，清空大脑内所有杂乱的思绪继续创作。

她的下一本漫画也是以现实生活为主题，所以绘画起来得心应手。而认真起来就会废寝忘食的严沫，将这样的状态持续到了下午。

长时间的工作让她有些视觉疲劳，睁不开的双眼在几经挣扎之后缓缓闭上。她就这样趴在自己的写字台上睡着了，直到钥匙开门的声音和女人说话的声音一起响起。

“天海，除了我之外还有女生来过你家吗？”

跟在顾天海身后的叶紫欣提着公文包，走在前面的顾天海手里也拿着文件夹。因为工作的缘故，他们需要在明早之前核对完所有的图纸和数据。

“这也不是我家，我只是这里的租客。”

顾天海讷讷地笑了笑，并在叶紫欣走进来之后关上门。

被说话声惊醒的严沫打了个激灵，她急忙穿好毛绒拖鞋，准备从房间内走出去看看。

她打开房门的时候顾天海正准备拧开自己房间的门，转过身的叶紫欣和严沫面面相觑，三个人的动作都停顿了几秒。

“你们这是？”

许久，严沫才开口问道。而她内心更想知道的事情是，叶紫欣是以什么身份来到这里的。

“我们要核对一些文件，公司已经下班关门了，所以只能来家里。”

顾天海解释清楚后拧开门把手，叶紫欣看了严沫一眼，随即进去顾天海的房间，并将门反锁。

“居然敢反锁！”

严沫看着叶紫欣那副嘚瑟的模样就火大，虽然这句话没有说出口，但严沫对着门挥动拳脚的动作足以证明了她的不满。

房间内传出打开文件夹的声音，顾天海和叶紫欣正讨论着工作上的事情。关于不同项目的图纸和核查表被展开，他们一边审核一边用手机拍摄下来。

拍照的声音从门内传出来，好奇心满满的严沫将耳朵贴在门上，想知道里面的对话。

“这张是西区A公司的设计图纸，好像没什么问题，放在那个文件夹里吧。”

“据说这次公司对西区那边的客户比较在意，这些文件需要妥善保管。”

“天海，这个也拍一下吧，好像是新接的工程项目。”

“嗯，好。”

笔尖摩擦纸张的声音，和手机拍摄的声音异常的清晰。门外的严沫为了听清他们的对话，使尽全力将自己贴在了门上。

“你口渴吗？我去给你倒杯水。”

顾天海突然想起待客礼仪，连忙起身想要出去大厅倒一杯热水给叶紫欣。

房间的门刚打开一条缝隙，像八爪鱼一样贴在门外的严沫便顿时失去支撑，直直扑进顾天海的怀里。而叶紫欣回过头时，严沫已经压着顾天海一起倒在门口的地板上。

被惊扰到的叶紫欣愣然片刻，皱着眉头看向门口的方向。严沫则尴尬地看着被自己扑倒的顾天海。

“你打算什么时候从我身上站起来？”

顾天海双手做出投降的动作，躺倒在自己房间门口的地板上。他看着讷讷笑着的严沫，深感头疼。

“严沫，不知道你家的卫生间在哪里？我突然想去方便。”

叶紫欣保持着淑女的笑容，起身走到严沫面前，友好地伸手将她扶起来。

“我带你去吧！”

严沫天真地以为叶紫欣是在帮她解除尴尬，连忙走在前面带路。叶紫欣微笑着，随着严沫走出了顾天海的房间。

走到厕所的时候，严沫松了一口气。她微微抬头，准备跟叶紫欣道谢。

“啪——”巴掌声让严沫猛然清醒，她愣然回过脸，看着叶紫欣：“你干什么？”

叶紫欣脸上的神情是不屑和轻蔑的，似乎那一巴掌是理所当然的。

“严沫，你要是识相的话，最好离我的顾天海远一点。只有我这样优秀的女生才配得上他，你不过是他叛逆期遇上的大姐姐。我看你赖着他不放，也是看上他家的财产吧？”

“我不知道你在说什么。”脸上一片炙热，这样的炙热化成一团火，在严沫的心里燃烧。

她并不知道叶紫欣这话是什么意思，什么叛逆期，什么财产。在她心里顾天海不过是他的小师弟，她的租客。自始至终她都没有对他有任何歪念头。为什么叶紫欣要说这样的话?

“你以为你装傻就是天真可爱吗？呵，也对，自己男朋友跟别人跑了，所以才缠着别人的男朋友不放，还真是贱人贱相。”叶紫欣敛着手，不屑地哼笑，嘲讽严沫的伤心事。

“你说够了没有？”

“怎么？说两句就生气？玩得起就得输得起，像你这种玩不起又输不起的人，还是不要出来吓人比较好吧？”叶紫欣将脸凑到严沫耳边，说着既无情又难听的话。

严沫攥紧拳头，努力压抑着在眼中打转的泪水。严沫抬起手，却没有打在叶紫欣的脸上，她不能让自己变成和叶紫欣一样的人。

“啊！”叶紫欣突然快速地甩了自己一巴掌，并顺势崴了一下摔倒在严沫面前。

严沫还没反应过来时，就看到她抬起手准备挥巴掌的顾天海急忙跑上前。

“叶紫欣，你怎么了？”

顾天海急忙扶起摔在地上的叶紫欣，叶紫欣像最佳女演员般在顾天海面前声泪俱下。她指着面无表情的严沫抽噎不止。

“天海，我不知道我做错了什么，严沫又打我又推我……”叶紫欣借机扑进顾天海的怀里嘤嘤哭着，顺带给严沫一个诡异又得意的笑容。

“严沫，你是不是觉得你失恋了全世界就要跟着你哭？”

顾天海说出这句话的时候，严沫正一脸惊愕地看着他。而当他意识到自己的话伤害了严沫的时，严沫已经转身走回了自己的房间。

“严沫，我不是故意……”

顾天海想追上去道歉，而叶紫欣急忙抓住顾天海的手。

“天海，我脚好疼，走不了路了，你送我回家好吗？”

就这样一折腾，当他再回过神时，严沫已经将房门关上了。

无奈，顾天海只好说：“我送你回去吧。”随即带上钥匙，扶着叶紫欣离开别墅，送她回家。

顾天海独自坐地铁回来的时候，夜幕已经将城市笼罩。郊外的路灯多数已经被烧坏，所以在抬头的时候，能透过黑暗地方看清点点星辰。

顾天海抬起头，遥望那栋外墙古老的别墅，大厅的灯依旧亮着，他忍不住想，不知道严沫现在在做什么？是不是还在生气。

为了负荆请罪，顾天海走进楼下的便利店买了一大袋零食。而当他打开别墅大门的时候，严沫的画风和他离开的时候完全不一样。

坐在沙发上的严沫正抱着腰枕看周星驰的喜剧，笑得眼角泛泪。一点也不像那个转身就回房间的悲情女子。这样一百八十度的转变让顾天海一时间转不过弯来。

“回来啦？”

“你吃薯片吗？我买了很……”顾天海的话还没有说完，提在手上的购物袋就已经被严沫夺了过去。

重新瘫在沙发上的严沫一边撕包装一边目不转睛地看喜剧，这样反常的行为倒是让顾天海有些难以理解。

因为受刺激过大，所以选择性逃避？

以顾天海对严沫的了解，她很有可能是回光返照。

为了证实自己的猜测，顾天海若无其事地坐在严沫身旁陪她一起看喜剧。

时间一分一秒地流逝，严沫被电视里诙谐的人物逗笑，她吃着薯片看着电视，捧腹大笑，而顾天海尴尬地坐在原位，不时偷偷用余光瞥瞥她，留意她的情绪变化。

在喜剧的片尾曲结束的时候，严沫深吸了一口气，恢复了一脸正经的模样。

严沫关闭电视，打开了放在茶几上的手提电脑。手提电脑上是监控画面，监控的地点是严沫家的各个角落。顾天海有些好奇地凑了过去，看着严沫动作娴熟地切换视频的画面和时间进度。

“我读高中的时候是住宿舍，我爸妈不经常在家，家里总是没人。所以他们在家里安装了监控，防止家里进贼。”

严沫将她和叶紫欣在厕所门外的监控视频调出来，播放给顾天海看。

顾天海看着视频里的叶紫欣，瞠目结舌。他从没想过看着气质不凡的叶紫欣竟然会做出这样的事情。

追根究底，这件事情也是因他而起的。他明明了解严沫不会打叶紫欣，却还是说了过分的话。在看完监控视频的那一刻，顾天海心里充满了内疚和自责。

“严沫，对不起，我并不是故意说那样的话。”

“你在恳求我原谅你吗？”

严沫将笔记本电脑合上，风轻云淡的语气一点也不像在生气，反而像有什么阴谋。

“你可以这样理解。”

顾天海看着严沫微微凑近的脸，有些不知所措，只好慌张转移视线。

得到满意回复的严沫露出让人不解的笑容，她重新坐回沙发上，靠着椅背，缓缓地说出了自己原谅他的条件……

三日后。

“啊——”尖锐的叫声在快速流动的空气中穿梭而过，强劲的风在高速中改变人们发型。

过山车从隧道中穿过，在重见光明后一个俯冲，从最高点跌落到最低点。过山车上坐着的人们表情不一，有些人紧紧抓着安全阀惊恐尖叫，有些人举着录像的相机一脸兴奋，还有一些人全程都不敢把眼睛睁开。

恐高的顾天海是第一种人，而严沫则是第二种人。

过山车从启动到停止只花了两分钟，而这两分钟对于顾天海来说足足有两个世纪那么漫长。

在过山车停下来的时候，顾天海胃里开始翻腾。他迅速打开安全阀冲到一旁的垃圾桶边，站着呕吐。

要不是为了负荆请罪，恐高的顾天海是不会答应休息的时候请严沫去游乐场玩的。

“小海，跳楼机那边好像没什么人，我们去吧！”严沫的目标转移到了不远处的跳楼机处。

一百米高的跳楼机伫立在众多建筑物之中，显得格外高耸。而在它达到最高点的时候，又嗖的一下往下坠。

失重的人们歇斯底里地尖叫着。顾天海紧紧抓着垃圾桶边上的栏杆，不肯挪步。而严沫拽着他的手臂，硬生生将他和栏杆分离，踏上了跳楼机之旅。

“严沫，我不要再跟你一起出门了！啊——”顾天海的话还没说完，升到高空的跳楼机以极快的速度往下坠落。尖叫声盘旋在上空，余音不绝。

乐在其中的严沫在跳楼机徐缓上升的时候，不停地摇晃着闭着眼睛紧绷成一团的顾天海，激动道：“小海，别闭着眼睛嘛，快睁开眼睛看看，那边的山和河流，还有天空，超美的。”

“我不信！”顾天海紧紧地将后脑勺顶在靠椅上，死活不敢睁开眼睛。

“小海，跳楼机停了，睁开眼睛下来了。”严沫在跳楼机升到最高点停顿的时候说道。

顾天海闻言缓缓睁开眼，只是正当他准备松懈的时候，跳楼机往下坠去，毫无防备的顾天海觉得自己的心脏都快从喉咙跳出来了。

“啊——严沫，我恨死你了！”顾天海失声地大叫着，而严沫看到这样“弱不禁风”的顾天海，觉得十分有趣，不由得开怀大笑。

几轮后，跳楼机终于停了下来，还紧紧抱着安全阀的顾天海依旧闭着眼。只是这一次工作人员走过来按开了安全阀。

感受到周遭的变化，顾天海试探性地睁开眼，在确定自己已经回到地面之后，急忙跑出跳楼机的范围。

胃里再次翻江倒海，顾天海还没来得及喘口气，便又跑到一旁的树下吐了起来。这一回，本来就没有吃什么东西的顾天海已经快要把胆汁都吐出来了，而严沫还兴致盎然地想要再去玩一次过山车。

“严沫，你去吧，我在外面看你玩。”

“可是一个人玩过山车很寂寞的，一起嘛。”

“我的胃都快吐出来了，打死也不玩了。”顾天海一副腿软的状态，并紧紧抱住身旁的树。

觉得无趣的严沫努努嘴，望着穿行在云霄中的过山车。随后又看了看脸色煞白的顾天海。决定放弃。

“那我们去鬼屋吧。”严沫再次提议，没等顾天海说些什么，便拉着他朝目的地跑去。

严沫是个玩起来没有底线的女生，她既不怕蟑螂也不怕老鼠，既不怕人也不怕鬼。在顾天海的印象里，严沫唯一害怕的大概就是那段和李昊有关的过去。

他能感受到她的单纯，所以他不知道，在她心里他的位置到底是什么？是合租的小师弟？还是男闺蜜？或者是其他……

黑暗中，顾天海紧紧牵着严沫的手——此刻，她的手比他温暖，他的手则因为多次受惊而发冷。他感受着从那双手中传来的温暖，想起小时候牵着他去玩旋转木马的母亲，从而更紧地牵住了严沫的手，生怕在黑暗中将她弄丢。

因为他的母亲，就是这样被他弄丢的……

走出鬼屋的时候，严沫终于有了一丝害怕的表情。而这种表情很快被兴奋取代。经历了妖魔鬼怪世界的严沫回温着刚才的恐惧和刺激，转头望向顾天海，想和他分享心情。但顾天海一直保持着沉默，神色也有些黯淡。在严沫望向他的时候，他回复了一个温柔的微笑。这个微笑有一点点悲伤，所以严沫也渐渐收起自己的兴奋。

“小海，你是不是觉得跟我出来玩很勉强？”严沫垂下眼帘，望着地上消融的积雪。

游乐场内人来人往，而他们却好像在时间中静止了一般。严沫想，大概她也是一个很任性的人吧？明知道顾天海并不喜欢游乐场，却还是想让他陪着自己疯。

“跟你在一起很开心。”顾天海抬起手，落在严沫的头顶。严沫抬起眸时，不经意看见他外套内露出毛衣的衣领。

那是她想丢掉的那件毛衣，原来他一直穿着？

“可你看起来，并不开心……”严沫没底气地说，心里有些在意顾天海方才的神色。顾天海轻然一笑，揉了揉她的头发，说：“我只是想起了我妈妈……”

“买一送一，快来快来！”不远处卖奶茶的小摊贩吆喝着，买一送一的牌子挂在奶茶车前面，不少人被吆喝声吸引。

同样被吸引的还有严沫，她没等顾天海的话说完，便拉着他跑到了奶茶车前面。

“真的买一送一吗？”

“买一杯奶茶送一桶鸡米花，要吗？”

“还以为是奶茶买一送一呢。”

严沫有点失望地努努嘴，正准备走的时候，奶茶车的大叔将目标落在了她身后的顾天海身上。

“小帅哥，买两杯跟女朋友一起去看摩天轮吗？这个游乐场的摩天轮可是上个星期刚完工的，在上面可以看到整个游乐场的景色，很适合情侣呢。”大叔的话让严沫怔了怔，她正要摇手解释，顾天海已经掏出钱包付钱了。

大叔误以为他们是情侣，还额外送了一根棒棒糖：“这是只有情侣才有的待遇哟。”

严沫看着那彩色棒棒糖，急忙接过来，一点也不否认他们不是情侣的事情了。

游乐场的夜灯在一瞬间乍明，吃着棒棒糖的严沫抬起头才发现，夜幕已至。她和顾天海来的时候还是万里晴空，一转眼，游乐场里不同颜色的灯光从各个地方亮了起来。

听人们说，在夜里坐摩天轮会看到特别美的景色。

“天海，我们去坐摩天轮吧？”严沫稍稍停住了脚步。

这一次她没有喊小海，而是喊了天海。

有些不习惯的顾天海停了停，点点头。

两人将一开始领取的游乐园地图找出来，在上面寻找着去往摩天轮的路线。摩天轮在游乐场的最高点，那里是一个山坡，需要绕过水上世界和危险密林。

方向感很好的顾天海抬起头，摩天轮上的灯光在夜里温柔迷人。而因为树木和建筑物的阻隔，他只能看到摩天轮的顶端。

“我看到摩天轮了，跟着我吧。”顾天海牵着严沫的手，朝着那个方向走去。

沿路的风景在灯光中变得柔和，游乐场的旋转木马亮着彩灯，在歌声中旋转着。夜里玩云霄飞车和跳楼机的人络绎不绝，白天见不到的热闹和壮观的排队，在夜里淋漓尽致地展现着。跟在顾天海身后的严沫望着他的背影，感觉一股暖流从心底淌过。

缓慢转动的摩天轮比想象中的还要漂亮，黄色的彩灯镶嵌在摩天轮的中心轴处，在转动的时候闪烁着。

停在摩天轮下的严沫抬起头，望着高耸的摩天轮。

她也是第一次见到摩天轮，这个游乐场以前是没有摩天轮的。以前她也没有和李昊来过游乐场，李昊总是很忙，忙于设计，忙于为未来操劳。所以他们最正式的约会也只是去看场电影、吃个西餐。

严沫记得，以前他们约定过，等这座城市建了摩天轮的时候就一起来坐，然后数星星。而当严沫真的坐上摩天轮的时候才发现，其实在城市的夜里是看不到星星的。因为摩天轮的光芒比星星明亮，所以当她抬起头时，只能看到深沉的黑夜。

“严沫，你在想什么？”坐在严沫身旁的顾天海望着她的侧脸，她若有所思的模样让他很在意。

“我在想，为什么你那么弱，坐过山车竟然会吐。”严沫一脸正经地说着，并叹了一口气，继续吮吸奶茶。

“明明就是你太彪悍了！一上来就玩了五次云霄飞车！”顾天海不由得凑到严沫耳边咆哮着，在说完之后，又扶额叹息，平息着自己的情绪。

今天的严沫不知道为什么，格外兴奋，玩了不下三次的过山车和各种刺激的游戏。小心脏承受不了的顾天海发誓，以后再也不要陪严沫来游乐场！

“对了，你说你妈妈怎么了？”严沫飞快转移话题。

“我妈妈在我很小的时候就走了。”顾天海望着手中氤氲着热气的奶茶，他的神色渐渐黯淡，如同夜幕。

“啊？那应该还很年轻吧？是癌症吗？还是事故？”严沫往顾天海的方向挪了挪屁股，似乎很好奇。而顾天海的黯然也被严沫这样一连串的问号抹除，他深吸一口气，无奈地说：“我没说我妈死了。”

严沫尴尬了一下，轻轻地挪开自己的屁股，并将身侧贴着窗边，沉默了片刻。

“我小的时候，爸爸很忙。每天忙于各种生意的他基本很少回家，就算是在家，也很少见到面。那时候，姐姐被寄养在小叔家，而我和妈妈生活在一起。大概是因为太寂寞了吧？妈妈最后选择了离婚，嫁给了另外一个人。”顾天海自顾自地说着，回忆着和妈妈有关的记忆。

那些过往的记忆已经有些模糊了，可他依然记得妈妈脸上温柔的笑容。

“我最后一次见到我妈妈，是在我七岁的时候。那时候妈妈带我去游乐场玩，她就站在旋转木马外面。可当旋转木马转了一圈回来的时候，她就不见了。我在游乐场找了很久都没有找到妈妈，那时候并不懂事的我以为自己把妈妈弄丢了。”

“知道对方还活在这个世界的某个角落，有时候也是一种幸福。”严沫的话激起了顾天海心里的涟漪。他愕然地愣了愣，看着严沫如夏花般璀璨的笑容。

是啊，知道对方还幸福地活在世界的某个角落，其实也是一件幸福的事情。他的妈妈，大概也是这样想的吧？

顾天海释然一笑，捧起热奶茶继续喝着。而严沫见气氛很怪异，便再度转移话题，数落着顾天海这柔弱的体质还不如她一个女孩子。

顾天海看着严沫抬起胳膊准备展现肌肉的时候，差点一口奶茶喷出来。严沫这个宅女，除了生活不能自理之外，吃喝玩乐还是非常在行的。

“你一定缺少锻炼，体力那么差。”严沫不依不饶地数落着顾天海的柔弱和体力不行。

这句话反而让顾天海心里的烈火烧了起来。严沫回过神的时候，顾天海已经抓住她的手腕凑到了她面前。

她的手腕被禁锢着，身体也因为紧靠窗壁而无法动弹。她呆呆地看着距离自己不到两厘米的顾天海，平时腼腆的他在此刻看起来有种坏男孩的感觉。他的呼吸落在她的脸颊，仿佛随时都能吻上她的唇。

“随便说男生体力差也是有风险的，知道吗？”顾天海坏笑着，摩天轮缓慢转动。时间，也安静地流淌着。

严沫从没有像现在这样近距离地凝视着顾天海，她现在才发现，顾天海瞳孔的颜色像浓浓的墨汁。她的模样倒映在他的瞳孔里，晕染成一幅画卷。

而顾天海有着让人羡慕的白皙肤色，惹人喜欢的桃花眼含情脉脉。他的鼻梁虽然不高，却十分挺拔，那双浅色的薄唇像果冻般诱人。

严沫的心突然扑通扑通地快速跳动着，她的脑海在片刻间陷入了短暂的空白。那距离自己不到几厘米的唇瓣缓缓地靠了过来，只是就在她无意识地闭上眼时，那张靠近自己的脸又缓缓地移开了。

微凉的手从颈间划过，严沫张开眼时，顾天海正轻托起她颈间的项链端详。项链的坠子是一个银色的心形，心形的里面刻着一个“昊”字。顾天海第一次见严沫的时候她似乎也戴着这条项链。只是那时候的他没有注意到项链的坠子是刻着字的。

“这个是李昊送你的吧？”顾天海望着那让他觉得心里不舒服的坠子，而严沫急忙夺回坠子，捂在自己的心口。

惊慌失措的感觉占据了她的全身，她不知道自己本能的反应是害怕被顾天海发现自己的秘密，还是依旧对李昊有所依恋。

在顾天海的凝视下，严沫低下头，点了点头。

“刚开始交往的时候送的，一直戴着，渐渐地就成了习惯。”严沫低垂着眼眸，凝视着项链上的坠子，“其实应该丢掉才对的。”

“留着吧。”顾天海转移视线，望向窗外的夜景。

灯光下的游乐场像一个巨大的城堡，城堡内灯火通明，他们仿佛身处城堡的最高点，鸟瞰着着醉人的美景。

顾天海接着说：“列宁不是说过吗？忘记过去等于背叛。有时候，记得最牢的事情，就是一心要忘却的事情。与其刻意地去忘记，不如学会接受过去。”

“可有时候记住的太多，会害怕前进。”

严沫低垂着眼眸，转头望向窗外的景色。流转在摩天轮内的，除了尴尬，还有沉默。

许久，顾天海打破了这片沉默。

“你和李昊和好了吗？”

严沫怔住了，并没有正面回答顾天海的问题。她转过头，侧过脑袋狡黠地一笑，问道：“那个叫叶紫欣的是你女朋友吗？你们是在交往吗？”

“看来你也误会了。”顾天海无奈地扶额叹气，原来严沫也一直误会他们的关系，“她是我小时候的玩伴，现在是我的同事，不是女朋友。”

“她看起来挺喜欢你的，她不是你喜欢的类型？还是因为别的原因？”严沫的八卦之魂莫名地燃烧了起来。

她突然很想知道，像顾天海这样入得厅堂下得厨房的美少年，究竟会喜欢怎样的女生？

“我有喜欢的女生了。”顾天海浅笑着，他望着严沫，眼神中是无尽的温柔和深情，“我喜欢了一个笨蛋，而那个笨蛋却不知道我喜欢她。”

“那你告诉我吧，我去帮你转达。我可是一号媒人婆，以后你们结婚摆喜酒可一定要请我！”严沫兴致勃勃地说着，虽然表面非常的高兴，心里却莫名地沮丧起来。她不由得在心里暗想：原来他已经有喜欢的人了啊？

“你真的打算做这个媒人吗？”顾天海忍不住笑了笑，却很快恢复一脸安静的神色。他转过脸，认真地凝视着严沫，“其实有些话，我早就想告诉你，只是不知道告诉你，对你来说是好事还是坏事。严沫，其实我……”

“喜欢你”三个字说出口的时候，一辆直升机从头顶的高空飞过。螺旋桨巨大的声响覆盖了顾天海的告白，而严沫却能从他的唇间看懂那听不见的三个字。

“小海，你看，那辆直升机飞得好低，你说它会不会突然坠落呢？”严沫快速地转移话题，假装因为螺旋桨的巨响而听不到顾天海的告白。

顾天海看得出严沫在装傻，为了避免再一次的尴尬，他也没有再提及这个话题。

严沫将脸朝向玻璃窗，透明的窗上倒映着外面的灯光，也隐约倒映着她微红的脸颊。她看着玻璃上反射出来的顾天海的侧脸，顾天海安静地坐在原位，微微低眸，没有再说话。

直升机消失在远处的时候，摩天轮渐渐停了下来，回到起点。假装什么都没听到的严沫推开门，伸了个懒腰，从摩天轮的座椅内走出来。

“小海，我们回家吧。”

“嗯。”顾天海没有再说什么，而是尾随在严沫的身后，一起走向回家的方向……

第六章

爱情的样子是未来还是现在

自从顾天海在摩天轮上告白之后，严沫和他的关系便有了微妙的变化。不过与其说是变化，不如说是难以避免的尴尬。

知道顾天海心意的严沫陷入矛盾的状态，她并没有讨厌顾天海，却也不知道自己究竟是喜欢他，还是把他当成陪伴自己的小师弟。她从来都没有想过，年纪比她小的顾天海会突然跟她告白，她理想中的对象应该是成熟稳重的男人，又怎么会是一个刚出来实习的小鬼头？

逃避自己害怕面对的事情，对于严沫而言，简直是强项。所以在接下来的一个星期里，严沫都刻意避开顾天海。

顾天海上班的时候，她故意睡懒觉，因此一醒过来，顾天海已经出门上班了。顾天海下班回来的时候，她便会以要赶稿子为由，不出来吃饭。等顾天海去了浴室，她才蹑手蹑脚地跑出来。她一边狼吞虎咽，一边观测浴室的动静，在花洒的水声停下之后，她便迅速地溜回房间。

顾天海隐约察觉到什么，但却因为早晚都见不到严沫而无法开口解除这份尴尬。

和往常一样，顾天海在做好早餐后便出门上班。

听到关门声的严沫小心翼翼地从房间走出来，肚子饿扁的她三两步跑到餐桌边，开始狼吞虎咽。就在这时，面对着餐桌的大门由外打开。

忘记带手机的顾天海，愕然一惊，条件反射望向以同样愕然的眼神望着他的，嘴里塞满食物的严沫。

尴尬弥漫在空气中，两人面面相觑，却说不出话。

“我手机忘带了，我回来拿手机。”顾天海迟疑片刻，走进屋内。

“我突然想起还有稿子没画完，我先去画画了。”严沫端起餐桌上的碟子，转身就朝着自己的房间走去。而这一次，顾天海没有让她逃离而去。

被迫停下来的严沫抬头望向顾天海，顾天海的手落在她的手臂处，紧紧抓住。严沫端着碟子，无法再往前迈开步伐。

“你这是在，刻意避开我吗？”顾天海突然认真地问道。严沫垂下眼帘，不知道如何回答。

“那天我说的话，你听到了，对吗？”

“你听到我说喜欢你，对吗？”

“天海，你刚出来社会，涉世未深，有很多感情，并不是你想象中的那样。你认为你喜欢我，可能只是因为你还没有遇到真正喜欢的人，所以才把这种短暂的好感误以为是喜欢。当你真的遇到那个人的时候……”

“喜欢这件事情和涉世未深没有关系，感情也没有你想象中那么复杂。我那天说的话，可能会让你觉得困扰。但是我喜欢你是认真的，你可以不回应，但不能否认它的存在。”

顾天海缓缓松开自己的手，他认真的时候，有着让人无法抗拒的魔力。

严沫不知道自己心里在想什么，但自从那天回来之后，她的脑海里总是不自觉地浮现摩天轮里的画面。她明明可以避开，却不自觉地闭上双眼，等待着那温柔的吻……

她到底在想些什么？和李昊的关系不明不白，也不知道该不该拒绝顾天海！

“你们在聊些什么呢？门也不关，就不怕小偷入室？”

李昊的声音从门外传来，他的穿着有些正式，似乎刚从什么正式的场合过来。

顾天海反应过来时，李昊已经搂着严沫的肩膀，冲他扬起唇角："我来带我的女朋友出去兜风，你要一起吗？"

"我赶着上班，就不打扰你们了。"顾天海虽然不悦，却努力让自己保持冷静。他拿起落在鞋柜上的手机，和李昊擦肩而过，离开了严沫家。

"严沫，虽然突然出现很冒昧，但是在我们还没正式分手之前，我就还是你的男朋友。所以，你的事情，我一定要管。"李昊霸道地说着，随即温柔一笑，继续说，"我发现了西区有一间新开的西餐厅，装修风格非常不错，我们去试试吧？"

"嗯。"严沫看着顾天海离去的方向，心情很复杂。她随意的应和了一声，不由得深吸一口气，长长叹出。

顾天海到达公司的时候，办公室内空无一人。

年后的时候公司里里外外都特别忙碌，而还不太了解公司情况的实习生们时常被忽视。

顾天海坐到自己的办公桌上，整理着桌面上的文件和资料。原本每天都在顾天海耳边聒噪不停的叶紫欣也消停了，消停的原因大概是因为上次的事情。

顾天海当面和叶紫欣说清了一些事情，并希望她以后不要为难严沫。自尊心很强的叶紫欣不能接受顾天海的责备，在和顾天海吵了一架之后，便连续好几天没来上班。

“你的背包，对我沉重的审判，借了东西为什么不还……”突然响起的手机铃声是陈奕迅那首《你的背包》。

顾天海看了看办公桌上连续震动的手机，亮起的显示屏上出现了“顾珍妮”三个字。顾天海看了一眼，犹豫片刻后挂断。

顾珍妮大概是打电话来给他做思想教育的，批评他不听话，不懂事。不耐烦的顾天海索性一看到她的名字便直接挂断，以免被打扰。

手机铃声连续响了三次之后，终于安静下来。紧接着屏幕又亮了。顾天海看着显示屏的短信提示，随手点开了。

爸住院了，第二人民医院住院部2118号房——顾珍妮。

顾天海心头一紧，不由得生出一份不安。他急忙裹上挂在椅背的围巾，匆忙跑出办公室。正好结束会议的戴宁从门外走来，顾天海撞了撞他的肩膀，和他擦肩而过。

“小海，你那么急着去哪儿？”戴宁望着顾天海的背影喊着，而顾天海已经消失在公司走道的尽头。

在赶往医院的路上，川流不息的大街像陷入了黑白世界。在这个世界里，顾天海只能感受到自己奔跑和呼吸的声音，周围的一切像是走马灯一般，麻木地流动着。

顾天海的脑海里浮现着爸妈一起牵着他去逛超市的画面，久违的画面有些模糊，却异常深刻。在那短暂又漫长的地铁线内，顾天海想起了自己离家出走的原因。

一直被父亲冷落的妈妈最终选择了改嫁，而他，一个人守着没有家人回来的房子，十分的寂寞。

他的人生，好像从小就被安排着。上各种培训班，学习各种同龄孩子不喜欢的东西。他会像父亲一样，走进某个企业，在某个被安排好的岗位工作。可这些并不是他想要的。

所以，在家人让他出国就读金融管理专业的时候，他毅然选择了国内的普通大学。这几年来，他一直依靠自己打工赚钱交学费，也不再过问家里的事情。

但他从没想过，自己的父亲已经老了，也许有一天，他也会和妈妈一样，去一个他不知道的地方。而那个地方，也许会更加遥远。

地铁停在了目的站，顾天海赶到医院特护病房的时候，顾珍妮正在喂顾少军喝粥。顾天海愣在门外，望着半躺在病床上，手臂插着输液管的顾少军。

他和以往一样，总是保持着浅笑。只是今天的他，仿佛苍老了许多，笑容里多了一份憔悴。

顾少军的视线随着打开的大门望去，在看到顾天海之后有一丝愕然。不过这份愕然很快就被笑容取代。停在门口的顾天海不自觉地微微低头垂眸，移开视线。

“爸，你还好吗？”顾天海低垂着头，一步一步走到顾少军的床前。

在来的一路上，他有很多很多话想要对顾少军说，可当他真的站在那个人面前的时候，所有的语言都化成了空白。

“没什么，就是胃炎发作而已，不碍事。天海，你这次回来，就不要再走了，毕竟，你是我唯一的儿子。”顾少军并没有因为顾天海离家出走而生气，他反而比想象中平和，这种违和感，反而让顾天海更害怕。

“天海，你跟我出来一下。”顾珍妮放下端在手里的碗，起身拉着顾天海走出了病房。走廊外面氤氲着消毒水的味道，让人觉得浑身不自在。

顾珍妮站在走廊处，敛着手不悦地看着不懂事的弟弟，说：“你还知道自己有家人？还知道回来？你都二十几岁了，还像一个小孩一样！爸爸就算再怎么不对，心里还是为你着想，你呢？只顾着自己任性，顾着自己的感受，把家人都丢在了一边。”

“姐，对不起。”

“我不想听对不起，医生说了，爸的胃炎有可能会癌变。姐希望你能懂事一点，不要什么事情都觉得是我们逼迫你。如果你不变强，就会有别的人把你比下去，到头来，你所追求的自由和独立，都没有可以匹配的能力来实现。”

向来强势的顾珍妮教训着顾天海：“这个世界上所有的事情都是相对的，就算你接纳了我们给你的一切，你也需要有能力去驾驭这一切。”

“你好好想想姐说的话，好好想想你对家人不闻不问到底对不对。”

顾珍妮念叨完了之后，转身回了病房，继续照顾顾少军。顾天海望着顾珍妮的背影，陷入深深的内疚中。

她的姐姐是一个不管什么时候，都要努力往上攀爬的人，虽然性格强势不讨人喜欢，但却是一个不会放过任何机会的人。和姐姐比起来，他就像一个胆小鬼，一个只会责备家人、不思进取的胆小鬼。

顾天海站在门外，顾珍妮的话在他的耳边盘旋，他明白自己还很不成熟。

可是，他回去就意味着会离开严沫，他舍不得。

“天海。”就在顾天海摇摆不定，左右为难的时候，叶紫欣的声音从走廊的不远处传来。

她跟随着一个穿着西装的中年男人，顾天海一眼便认出那人是他实习的公司的董事长。但是，叶紫欣为什么会和他在一起？

“爸，这个就是我跟你提过的顾天海。”在顾天海疑惑之际，叶紫欣挽着董事长的手臂，亲昵的呼唤对方为“爸爸”。

“天海啊，我和你爸爸以前可是同学呢。你爸知道你在我这实习之后，没少让我多关照你。对了，你爸现在怎么样了？”叶董事长的话让顾天海有种世界坍塌的感觉。

原来一直以来，他都没有脱离过父亲的掌控。原来他以为的独立自主，一直都在父亲的控制范围内。原来他一直都很幼稚，很无能。

“我爸在病房里，姐姐正在照顾他。你们进去看看他吧，我有事，先走了。”顾天海努力让自己的情绪归于平静，他客气地笑了笑，转身离去，消失在医院走廊的尽头。

叶紫欣想要叫住他，而叶董事长却将她拽了拽，摇头示意不要追过去。

下班高峰期的地铁站每天都在上演着春运，站在黄线外的乘客还没进入车厢，就被身后拥挤的人群推了进去。顾天海神色黯然地站在黄线外，然后被相互碰撞的人流推入车厢内。

他心不在焉地听着地铁内的站点通知，在错过了目的站之后，又从反方向搭乘。他突然很想找个人说说话，聊聊天。也想告诉严沫，自己可能会搬走。

但假如，严沫开口挽留的话……

夜里的城市总是透着喧嚣的气息，而在喧嚣中，也有寂静的一角。

西餐厅内播放着柔和的英文歌曲，温暖的灯光洒在人们身上，带有烤漆效果的餐桌反射着灯光，散发着暧昧的气息。

李昊带着严沫去了气氛宁静的西餐厅，严沫安静地坐在李昊对面的位置，她凝视着餐桌上的牛排，突然觉得有些不习惯。

平时这个时候，顾天海会给她做一盘炒饭，他们会一起坐在沙发上看喜剧。当她没心没肺地笑着的时候，顾天海正忙于敲笔记本电脑的键盘。偶尔，他们会吃着薯片看感人肺腑的韩剧，当她哭得梨花带雨的时候，顾天海会给她递来抽纸。

“严沫，还记得两年前我说过什么吗？”李昊的声音拉回了严沫的思绪。

当严沫抬起眸望向他时，一个精致的戒指盒被推到了她面前。严沫愕然一颤，看着李昊打开盒子。里面是一枚透明的钻戒，钻戒折射着灯光，更加耀眼。

“我说过，等我回来，我们就结婚。”李昊见严沫没有回答，便兀自地托起她的手，将安放在盒子内的钻戒戴进她的无名指，“严沫，嫁给我吧。以后，我养你。”

严沫望着眼前的男人，曾经，她无数次地幻想着今天这一幕。李昊会为她戴上闪闪发亮的求婚戒指，而她会一脸幸福地点头答应。

可当这一天真的到来时，严沫却并没有想象中那么高兴。她望着被李昊戴上戒指的无名指，脑海里不断地回响着顾天海那句“我喜欢你”。

复杂的心情让她大脑陷入混乱，最后变成空白。恰时，严沫放在餐桌上的手机响了起来，来电显示人是责任编辑。严沫心中生出一丝侥幸，感谢责任编辑在这个时候打来电话。

“喂？”严沫急忙按下接听键，虽然对方并没有说什么要紧的事情，但严沫却故意做出一脸紧张和为难的表情。

在挂了责任编辑的电话之后，她急急忙忙地拿起手机和手提包，准备和李昊告别：“我要回去了，责任编辑让我把画稿修改好，今晚要交。”

“我送你回去吧。”李昊也随之起身，喊来了服务生结账。原本想逃离的严沫，最后还是坐上了李昊的车。

在回家的路上，李昊一直说着过去美好的回忆。他们曾经一起绘画、一起讨论人生、一起在图书馆学习。李昊说，严沫是他遇到过的最适合聊天的女生，脾气好，阳光开朗，不过分计较别人的过错。所以他很喜欢和严沫在一起时的感觉，那种不需要刻意的、很舒服的感觉。

可严沫也明白，脾气好和不计较并不是在什么情况下都是好事。因为，这意味着别人可能会无条件地伤害你。不刻意也意味着，你可能不够重要……

严沫听着李昊说着过往的事情，望着窗外流转的霓虹灯。她缓缓地将视线移到无名指的戒指上，或许，她现在并不那么想和李昊结婚。或许，也需要重新爱上一个人的时间。

“李昊，我有话……”严沫刚准备开口，车便徐缓地停靠在了别墅楼下。

解开安全带的李昊从驾驶座走出来，他绕过车头，走到副驾驶座的门外，绅士地帮严沫拉开车门。严沫欲言又止，只好先从车内走出来。

顾天海停在别墅门口时，伫立在车前的两人正拥抱在一起。李昊宠溺地揉着严沫的脑袋瓜，在临行前低头吻了吻她的前额。

在那一刻，顾天海觉得自己掉进了冰河里，冷水浸入骨髓的感觉仿佛能让他的心脏停止跳动。他缓缓地将双手放入裤袋，在没人看得见的地方紧紧攥成拳头。他深吸了一口冷空气，假装不在意的从他们身边擦肩而过。

这一次，他没有发脾气，也没有像第一次看到李昊那样剑拔弩张。他好像已经习惯了这一切，习惯了严沫的摇摆不定。

“天海。”严沫看到顾天海的时候，小声呢喃着他的名字，细如蚊蚋的呢喃就连自己也听不见。她转过视线望着那个背影，莫名失落。

“严沫，你搬过来跟我住吧。你这里离市中心远，而且孤男寡女的，别人也会说闲话。”李昊提高声音，似乎故意让顾天海听清楚。顾天海稍稍停顿下来，他没有回头，在深吸一口气之后，再次迈开向前的步伐。

“我要回去修改画稿了，你也回去吧。”严沫并没有正面回答李昊，她微笑着，转身踏上阶梯，留给李昊一个背影。

在李昊看不到的阶梯上，严沫加快步伐，想要追上走在前面的顾天海。可她不知道自己为什么会有这样的心情，她和李昊才是没分手的情侣不是吗？为什么在她心里浮现着的全是顾天海落寞的背影？

难道，她也喜欢着顾天海？

喜欢两个字掠过脑海时，严沫加快的脚步停了下来。她扶着楼梯扶手，站在距离大门不到几米的地方，害怕继续前进。

现在的她，该以怎样的身份和顾天海相处？是房东？是师姐？还是情侣？他们好像什么都不是，却又什么都是。

顾天海回房间关门的声音响彻了整栋别墅，放慢脚步的严沫迟疑地推开了别墅大门。

大厅内的灯亮着，而顾天海却已经将自己关在了房间里。严沫神色复杂地走到顾天海的房间门外，她抬起手，想要敲门，却又缓缓地放下手。

就算顾天海开门了，她又应该和他说些什么呢？

严沫站在门外思考了许久，最后决定将自己的状态调整到告白之前。

“小海，小海，你一个人在里面做什么呢？我肚子有点饿，不如你出来做夜宵给我吃吧？”

严沫像放鞭炮般敲打着顾天海的房间门，原本就心情不好的顾天海皱起眉头。

“我想一个人静静。”

顾天海努力克制着自己心里的愠怒，而严沫见顾天海回应自己了，便更加肆无忌惮地敲门。

“小海，小海，我今天去了一个很不错的西餐厅，下次我们一起去吧，我请你吃西餐。”

严沫提到西餐厅的时候，靠在门后坐着的顾天海心口一紧。李昊送她回来的画面，在他脑海里挥之不去。

对于严沫来说，他是不是就是一个傻子？她明知道他喜欢她，却还是要在他面前装傻，还是要和那个伤她心的人在一起。

“小海……”严沫再次敲门的时候，突然打开房门的顾天海伸手，一把拽住了严沫。

关门的响声震动了整栋别墅，顾天海双手落在严沫的肩上，将她按在关闭的门上。严沫惊愕地瞪大了双眸。

这是她第一次看到顾天海失控。她透过窗外投射进来的夜灯，看着他通红的双眼。此刻的他，像一只苏醒的愤怒的狮子。

炙热的吻像烈酒般，落在严沫的唇上。顾天海强势地摆正严沫的脸，柔软的触感渐渐化成索取。

严沫惊愕地瞪大双眼，看着眼前放大的脸庞。她抬起手，抵在顾天海的胸前，用力地将他往外推，却又无法抵御他的蛮力。

腥甜的味道很快侵入顾天海的味蕾，他不由得皱起眉头，缓缓地睁开双眼。嘴唇撕裂的疼痛让他逐渐冷静下来，禁锢着严沫的力度也渐渐地消失。严沫猛地用力推开顾天海，抬起手，条件反射地甩了他一巴掌。

没有开灯的屋内突然陷入死寂，窗外的灯光落在顾天海身上，却勾勒不出他的轮廓。严沫怔了怔，迟疑地握住自己炙热的手掌。

“对，对不起，我……”严沫看着顾天海微微侧向一边的脸，许久才反应过来自己动手打了他。

“严沫，你是不是觉得把我玩弄于股掌之间，很有趣？”

顾天海讽刺地笑着，他无法控制自己情绪，也失去了以往的冷静。他红着的眼中泛着泪水，却没有坠落。

“你明明知道我喜欢你，却要一直在我面前装傻。你以为你装成什么都没有发生过，我喜欢你的事实就会改变吗？不管是第一次意外的亲吻，还是你生病时的亲吻，你都可以假装没有发生过。你知不知道你这样真的很讨人厌！这样对感情不清不楚的你，到底把我当成什么？”

“也对，或许从一开始，你就只是把我当成租客，当成你的全职保姆，当成你无聊时候的玩物。在你心里，我只是李昊的替身，对吗？”

“我从来都没有把你当成李昊的替身，在我心里，顾天海就是顾天海，从来都不是任何人的替身。”严沫不由自主地移开自己的目光，她垂着眼帘，凝视着不知名的方向。

她也不知道，顾天海在她心里，到底是什么。她难过的时候会希望他陪在自己身边，开心的时候想要和他分享，想要在他面前任性、肆无忌惮。她以为他们之间可以一直保持这样的关系，可原来，有这样想的人，只有她一个。

“那我是什么？在你心里我是什么？”

顾天海一拳落在严沫脑后的门上，强烈的撞击声回荡在严沫耳侧，让她心中生出一丝恐惧。她浑身一颤，泪水夺眶而出。

“对不起，我不知道，我真的不知道，对不起，对不起……”严沫抬起手，捂住嘴，无助地哭着。

这是她第一次，因为顾天海而掉眼泪。

“是我该说对不起，我今天心情不好，明知道跟你没有关系却还是对你发脾气。对不起，我不该对你做这种过分的事情。”顾天海看着啜泣的严沫，浑身一颤，所有的情绪都被她的眼泪击垮。他抬起手，用大拇指拭去她的眼泪，随即打开房间的门。

外面的灯光从门缝投射进来，在地上落下颀长的光影。顾天海轻轻地将严沫从自己房内推出去，在说完晚安之后，缓缓地关上房门。

严沫站在充溢着灯光的走廊，望着那黑暗中的身影，看门缝间的光芒在他身上渐渐收缩。她看着最后一缕光被房门隔绝。那一瞬间，她分明看到顾天海眼中黯淡的神色。

那天之后，严沫去了瑶瑶家，并给顾天海留了一张纸条：

天海，我去瑶瑶家玩几天，不用担心我。

——严沫

顾天海拿着放在餐桌上的纸条，缓缓地叹了一口气。他已经向实习公司递交了辞职信，准备过几天就从这里搬走。本想和严沫说一声，没想到严沫还是选择了逃避他。

手机铃声响了起来，顾天海放下纸条，看着上面的显示的人名，犹豫片刻之后按下了接听键。

“天海，你辞职怎么都不跟我说一声？你是不是和严沫在一起了？”

“叶紫欣，我有些话想跟你说，你现在有空吗？”顾天海看着空空的别墅，心里有些落寞。在和叶紫欣约定了见面的时间地点后，他披上一件外套，离开了住处。

半个小时后。

一辆出租车徐缓地停在一家甜品店门外，甜品店门口的招牌写着“遇见”。顾天海从车内走出来，他的身影倒映在透明的门窗上。

比顾天海早十分钟到达的叶紫欣不经意地望向门外，在看到顾天海之后，露出了甜蜜的笑容。这是顾天海第一次主动约她出来，他一定是想好了要接受她。等他开口告白的时候，她一定要故作矜持，好好磨磨他的锐气。

“你等了很久吗？”顾天海走到叶紫欣座位前，拉开了和她面对面的椅子，坐了下来。

服务员端来了一杯柠檬水，并递上本店的特色菜单。顾天海随便点了一份杨枝甘露，而叶紫欣也追加了一份。

“我也是刚来不久，你有什么话要对我说吗？”叶紫欣一脸期待地望着微微垂下眼眸的顾天海，他似乎在酝酿，在沉思。

“叶紫欣，其实我……”

“我就知道你是喜欢我的，我愿意做你女朋友。”

没等顾天海说完话，叶紫欣便急急忙忙地抓住了顾天海的手，紧紧地包裹着。顾天海愣了愣，看着一脸少女羞涩的叶紫欣，尴尬地将自己的手抽回来。

“其实我今天来，是想告诉你，我喜欢的人是严沫。”

“你说什么！你居然喜欢那个大龄剩女？”叶紫欣突然暴跳如雷，她拍桌而起，引来了不少人回头观看。她现在的愤怒和前一刻的娇羞形成巨大的反差，让人不由得浑身一颤。

“我之前没有明确地拒绝你，是害怕会伤害到你。我也想过，也许，和你相处的时间久了，我也会不知不觉地喜欢上你。可后来我想明白了，越是不清不楚的感情，越容易伤害到对方。”顾天海低下头，继续说道，“叶紫欣，你是个很优秀的女生，但我不能只因为你很优秀，就去喜欢你。”

“那你现在告诉我，就不会伤害到我吗？”

叶紫欣努力抑制住内心的愤怒，她为了能让顾天海喜欢自己，想方设法去讨好他的家人。在工作上也帮他处理了许多他力所不能及的事情，她处处为他着想，而他现在却告诉她，他喜欢的人是那个处处不如她的大龄剩女。

这样的事实，她是无论如何也不能接受的！

“我哪里不好？我哪里比不上那个叫严沫的女生？你凭什么喜欢她不喜欢我？”

“她哪里都比不上你，但是我就是喜欢她。喜欢她的单纯，喜欢她疯疯癫癫的样子，喜欢跟她在一起无忧无虑的感觉。”提到严沫的时候，顾天海的唇角不由得轻轻扬起。

“既然你那么喜欢她，圣诞节的时候为什么还送我丝巾！”

“那份礼物，原本是给严沫的，只是你先拿走了……”

“你这个浑蛋！”

叶紫欣一怒之下，端起桌上的柠檬水，泼了顾天海一脸。酸涩的温开水顺着顾天海的脸颊淌过，沾湿了他的外套。

叶紫欣抓起放在一旁的LV包，踏着高跟鞋，气愤地离开甜品店。端着甜品走来的服务员急忙递来纸巾，顾天海接过纸巾并礼貌地点点头。

没有下雪时的城市显得更加热闹，人们结伴而行，在洒着阳光的街上谈天说地。穿行在路上的车辆不时地发出鸣笛，他们脚底下是纵横交织的地铁线路。交通工具和交通干线包围了这座城市，仿佛早已侵入人们的生活。

顾天海从甜品店走出来的时候，夹着阳光的寒风轻轻拂过他的发梢。他闭起眼睛，深深地呼吸着，似乎因为说出自己内心的想法而松了一口气。

“李昊，你上次送我的裙子，我同事说很好看。”

“你喜欢就好。”

“我们今天去哪里吃饭？”

“横琴开了一间新的烧烤店，特色是生蚝，你想去吗？”

“那我们晚餐去吃生蚝吧。”

“好啊，不过你得先亲我一下。”

“你讨厌！”

李昊和一个陌生女生停在顾天海不远处，顾天海抬起头的时候，正好看到那女人吻上李昊的侧脸。李昊亲昵地掐了掐那女人的高鼻梁，吻了吻她粉嫩的红唇。

“李昊。”顾天海冷冷地望着那个方向，李昊回过头，不由得一怔。

“我突然想起今天还要和朋友谈论展览的事情，你先回家吧，我晚点再找你。”李昊转向那个女人，低声细语地说着。

顾天海看着对谁都温柔的李昊，不由得攥紧拳头。

李昊转向顾天海。

“握紧拳头，是打算打我？”李昊哼笑，走到顾天海身侧拍着他的肩膀，“有什么想说的，去前面的咖啡厅聊吧。”

顾天海跟随在李昊的身后，走进了附近一间咖啡厅内。

“两杯卡布奇诺咖啡，谢谢。”服务员还没将菜单递过来，李昊便抬抬手说道，示意服务员不需要再走过来。

“刚才那个女人，和你什么关系？”顾天海一直保持着阴郁的表情，他紧紧握着放在自己面前的柠檬水，尽可能地抑制心里的怒气。

“你可以理解为商业关系。”李昊风轻云淡地说着，并没有一丝羞愧的神色。

他极为自然地跷起二郎腿，并解释着自己和Srily的关系：“我之所以出国两年都没有联系严沫，是因为和Srily交往是我出国深造的条件。Srily的父亲是大集团的董事长，我所有的模型展览都是他投资的。我这样做，也是为了创造一个更好的未来。”

“你这样做，考虑过严沫的感受吗？既然你选择了和别的女人交往，为什么不直接告诉严沫？你不觉得脚踏两只船是一件很过分的事情吗？”顾天海狠狠地拍桌站起，“严沫因为你伤心难过，一直走不出来，而你却理所当然地和另一个女人在一起，像你这种对感情不专一的人，不配得到严沫的喜欢！”

端着咖啡走来的服务员被突然站起来的顾天海被吓了一跳，不由得怔了怔。

“打扰一下，这是你们点的卡布奇诺。”服务员小心翼翼地将咖啡放下，并快速地离开那张桌子。

“只有不成熟的小男生才会像你这样大吼大叫，严沫不喜欢你，大概也是因为你还只是一个幼稚的小男生吧？”李昊身体微微前倾，端起咖啡优雅地抿了一口，“人与人之间的感情是很复杂的，和你在一起的人，未必深得你喜欢，你喜欢的人，也未必能和你白头偕老。我们会在一生中做出很多与心违背的选择，但为了生存和所谓的未来，你却不得不去选择。这些，大概是你这种幼稚的实习生所不能了解的吧？”

“从我第一眼见到你的时候，我就看得出来，你喜欢严沫。但我一点也不在意你对她的喜欢，因为你对感情的认知太纯粹，对未来没有计划的感情，都只是小孩子谈恋爱，既幼稚又荒唐，始终无法长久。”

“我不告诉严沫，是因为我爱的人一直都是严沫。我和Srily不过是逢场作戏，等下周的模型展览结束，我就会和Srily提出分手。另外，再告诉你一点，我已经向严沫求婚了，严沫也已经答应我了。不管你怎么想，这是我和严沫之间的事情。我希望你最好管住自己的嘴巴，你也不想严沫因为这件事情而伤心难过吧？”李昊放下手中的咖啡杯，轻轻地扬起唇角。

他微微解开西装的衣领，掏出钱包，放了一张百元大钞在桌上：“这杯咖啡我请你喝，希望你可以保持一个清醒的头脑。什么该说，什么不该说，你自己好好想想。”

顾天海一颤，缓缓地坐回椅子上。他望着李昊离去的方向，陷入沉思。

“人与人之间的感情是很复杂的，和你在一起的人，未必深得你喜欢，你喜欢的人，也未必能和你白头偕老。我们会在一生中做出很多与心违背的选择，但为了生存和所谓的未来，你却不得不去选择。”

李昊说过的话，在顾天海脑海里挥之不去。

或许他说得没错，人和人之间因为各种情感牵连在一起，也因为各种情感而分离。人们相互喜欢，又相互厌恶。下一秒会发生的事情，没有人能预知到。就如一圈圈旋转的木马，没人会知道回到原点的时候，会失去谁，会遇见谁。

喜欢如果不能和未来相结合，那就只是小孩子玩过家家游戏。现在的他，的确还只是幼稚的叛逆少年。如果他不足够强大，就不能抵御爱情道路上的任何荆棘。

只有变强，才具备保护对方的能力。

只有变强，才能被对方依赖和依靠。

第七章

我们都要为了彼此而变得更好

严沫小心翼翼地将大门的钥匙插入锁孔，在发现门是锁着的时候才松了一口气。

在瑶瑶家蹭吃蹭住好几天的她，终于被下了逐客令。因为不清楚顾天海的作息时间，她只得做贼似地打开门锁，再准备蹑手蹑脚地爬上楼梯。

“幸好顾天海不在家。”轻松打开大门的严沫放下了心里的巨石，她关上门，躺在大厅的沙发上遥望天花板。

这几天她到底在逃避什么？明明自己才是这个家的主人，结果却要像做贼一样进家门。

“叮咚——”严沫刚坐下没多久，屋内的门铃便响了起来。严沫打了个激灵，迅速地跳起。她踮起脚尖，三两步跑到门后。透过猫眼，她看见外面站着两个女人。一个是叶紫欣，还有一个是上次在商场见过的“前女友”。

按道理来说，这两个人不应该是情敌吗？为什么她们会结伴而来？她们是找顾天海还是找她？严沫陷入深思，不知道该不该开门。

“严沫，开门，我知道你在里面。”叶紫欣叫嚣着，并敲打着有一定年龄的大门。

靠在门后的严沫叹了一口气，这两个看起来就不好对付的女人，果然是来找她的。

在几经思考之后，她打开了大门。

就如顾天海所说的，一直逃避是解决不了问题的。

“进来吧。”严沫打开门后，顾珍妮和叶紫欣像好姐妹一样，挽着手走进来。严沫客气地给她们各自倒了一杯水，随后也坐在沙发上。

“严沫，今天我就开门见山地说吧。我希望你离开顾天海，不要再打扰他。”顾珍妮直奔主题。严沫怔了怔，被这个女人强大的气场震慑到。

“不该打扰他的人是你们吧？作为前女友，你是不是管太多了？”严沫鼓起勇气站起来，她俯视着坐在沙发上的顾珍妮，似乎要比她更强势。

“你这是什么奇怪的想法？你知道你眼前这个人是谁吗？”叶紫欣不屑地哼了一声，继续说，“她可是顾天海的姐姐顾珍妮，顾氏集团的大小姐兼总经理。”

“姐姐？顾氏集团？总经理？”一下子消化不了那么多信息的严沫大脑陷入瘫痪。

原来，顾天海并不是一个一穷二白的实习生，而是她根本不了解的一个人。难怪叶紫欣上次会对她说那些奇怪的话，原来这一切都是有原因的。

“天海跟你这种烂泥一样的女人在一起，是没有前途的。如果你真的为他着想，就应该让他离开你。”

顾珍妮上下审视了严沫一番，她从头到脚都没有一处值得她欣赏。她不仅素面朝天，没有气质，还一身广场舞大妈的打扮。顾珍妮真不知道顾天海是喜欢她哪里，这样的女生，大街上一抓一大把。

“你看看你，头发乱得跟稻草一样，穿着过时的衣服，也不出去上班，像你这样的人就是社会的蛀虫！”叶紫欣啧啧地叹息着，和顾珍妮一唱一和地数落着严沫。

严沫看着她们光鲜亮丽的穿着，并没有反驳什么。和她们比起来，她的确十分黯淡，既不会化妆打扮，也不会和社会接触。这样的她，确实最没有资格被别人喜欢。

有句话怎么说来着？想要别人爱你，你首先得爱自己。

严沫沉默了片刻，转身走向厨房。她走出来的时候，手里拿着一把水果刀。顾珍妮和叶紫欣猛地一颤，匆匆忙忙地踏着高跟鞋逃离严沫家。

“你们别跑……”严沫拿着刀追到门外，而顾珍妮和叶紫欣见她追出来，更加惶恐。她们一边尖叫着，一边夺门而出。严沫追到大街时，她们已经慌张地钻进小车，踩着油门逃了。

“我只是想切苹果给你们吃……”严沫说出这句话的时候，顾珍妮和叶紫欣的小车已经消失在大街尽头。

灰色的天空飘来一朵乌云，乌云在城市上空扩散。原本温柔的风，渐渐地发起狂来。道路两侧的树木因为骤起的狂风而婆娑起舞，路面上的垃圾和落叶也被狂风卷着飞向高空。

严沫抬起头仰望天空，只见灰黑交织的云层内掠过电光，电光在暗沉的云层中格外明亮。而笼罩着城市的光芒，也渐渐地化作黯淡。

白天，在短短的几分钟内转为黑夜。

一滴水珠滴落在严沫的额头，一道闪电将云层撕裂，随即发出巨响。

一场骤雨，随着那道闪电落下。冰凉的触感从指尖传递而来，侵入每一个细胞内。

严沫转身站在屋檐下，探出手指，感受淅沥下起的雨。

对于顾天海来说，她的存在是不是一种拖累？她既不能帮助他进步，也不能和他共进退。她除了会画一些不畅销的漫画之外，根本一无是处。如果没有顾天海在身边，她连煮饭做菜都都不会。

说到底，她根本就是赖着顾天海不放。明明害怕面对这份感情，却又更害怕失去。或许，叶紫欣说的没错，她只是社会的蛀虫。这样的她，只会阻碍顾天海的发展。

“下雨了，不知道天海有没有带雨伞出门？”

严沫站在屋檐下，狂风夹杂着暴雨吹上她的脸颊。一想到顾天海可能没带伞，她便匆忙地跑上二楼。

只是当她拿着伞准备去找顾天海的时候，一抹熟悉的身影从大雨中走来。

拿着伞站在门口的严沫停顿了下来，刚好抬起头看到她的顾天海也顿了一下。

穿着带帽卫衣的顾天海停在雨中，戴在头上的帽子缓缓地滑落。雨水打湿了他的眼睛。

许久，严沫才想起顾天海站在雨中。她慌乱地打开伞，跑到顾天海身边，为他撑起伞。

“下雨了，为什么还要走回来？为什么不找个地方避雨？要是生病了怎么办？”严沫担心地说着，并抬起手去擦拭他脸上的水珠。

顾天海微微垂下眼帘，不经意地看到了那佩戴在严沫无名指上的钻戒。他推开严沫的手，走出雨伞的范围，兀自走在前面。

严沫停顿了片刻，急忙追上他的步伐，并将雨伞举得高高的，遮在他的头顶。

“你戴着的戒指是李昊送的吧？”顾天海停住了脚步，撑着伞跟在他身后的严沫一下子撞上他的背。

藏青色的雨伞从手中滑落，冰冷的雨水落在他们身上，像一场告别。

“嗯……是他送的。”

“你们打算什么时候结婚？”

“天海，外面在下雨，我们进屋再说吧。”严沫不知道怎么回答顾天海的提问，她抓着顾天海的手腕，牵着他往楼梯口的方向走。而顾天海突然将她反抓住，猛地往回带。

严沫失去重心后跌入他的怀里，惊愕地抬头望向他。

冰冷的吻在雨中落下，这一次，严沫没有推开顾天海。她仰起头，回应着那霸道的吻，任由冰冷的雨水浇灌。

得到回应的顾天海疏忽一颤，他下意识着闭起眼回应自己的严沫，缓缓地松开怀抱。

“你为什么不推开我？还是说，你也喜欢我？”顾天海严肃地问着，他的直觉告诉他，严沫喜欢的人是他。

“天海跟你这种烂泥一样的女人在一起，是没有前途的。如果你真的为他着想，就应该让他离开你。”

顾珍妮的话钻入严沫的脑海里，让她异常的清醒。

她的确不能喜欢顾天海，因为顾天海会有更好的未来，而她，也许一生就这样了。顾天海选择她，就意味着失去家人的援助。像他这种刚毕业实习的大学生，没有进修，也没有足够的家族势力，根本无法在社会上立足。如果她喜欢他，会让他变得更糟糕，那么——

“开什么玩笑？我怎么会喜欢你这种既没钱又没地位的实习生呢？”严沫哼笑着，往后退开几步，“你以为你会做饭打扫卫生，我就会喜欢你？你想多了吧，我喜欢的是成熟稳重，有稳定收入的男人。”

“那你把我当成什么了？”顾天海比以往更加冷静，而在这冷静的背后是滔天巨浪。

“当然是无聊时的玩物，毕竟像你这种没有恋爱经验的小男生，最容易受骗了。”

“原来是这样。”顾天海失落地低下头，雨水从下巴滴落，混着泪水也不容易被发现。

“我不喜欢没本事的小鬼头，更不喜欢连自己都养不活的人。”严沫紧紧攥着拳头，早已泪如雨下。她努力让自己的声音保持不变，因为在大雨里，不管流多少眼泪，都会被雨水带走。

“我知道了，谢谢你告诉我这些。”顾天海释然一笑，转身和严沫擦肩而过，朝着反方向走了。

他从没想过，在严沫的心里，他不过是不够斤两的小鬼头。幼稚、不成熟，只配充当别人的代替品和玩物。

从今天开始，他会努力变强，让自己站在塔尖的位置，绝不会再让任何人瞧不起他！

严沫是一路哭着走到瑶瑶家的。正在看电视的瑶瑶听到敲门声便出来开门，淋成落汤鸡的严沫看到瑶瑶之后，大哭着扑进了她的怀里。贴着面膜站在门口的瑶瑶有些惊愕，她嫌弃地推开抱着自己的严沫。

“我刚洗完澡，你不要抱着我。”

“我不管，我现在就是想找个人抱着哭，我今晚就要在你家睡，呜呜……”严沫不依不饶地抱着瑶瑶，把身上的雨水传给穿着睡衣的瑶瑶。

“真拿你没办法，快进来洗个澡换身衣服，你再生病我可没这个闲工夫照顾你。”实在没辙的瑶瑶将严沫拉进屋里。

早上才把她赶回家，现在又跑过来，真不知道她这段时间在搞什么。

严沫走进来之后，坐在沙发上继续哭。

瑶瑶急忙将她拽起来，丢到一边的塑料椅子上，并发出不要弄湿我家沙发的警告。

“弄得我一身湿，又要重新洗澡。”瑶瑶埋怨着，并将干净的衣服拿进浴室。她望向严沫的时候，严沫还在啜泣。她无奈地摇摇头，牵着严沫一起走进了浴室。

浴缸内氤氲着水蒸气，浴室内有着淡淡的花香味。严沫在瑶瑶的催促下脱了衣服，泡进浴缸里。瑶瑶拉上半透明的帘子，站在帘子外的花洒边淋浴。

严沫浸泡在热水中，舒适的温度将她的悲伤化开。她在水中抱着双膝，并将下巴浸泡在水中。

“瑶瑶，我们去泰国玩几天吧。”

“好啊，难得你主动提出出门玩。”淋浴的水声停止了，瑶瑶裹上浴巾走出了浴室。她没有过问严沫哭泣的原因，因为她知道，严沫想说的时候，会告诉她的。

“你洗完就出来，泡太久皮肤会皱。”瑶瑶在离开浴室之前提醒着严沫。

大厅响起了吹风筒运作的声音，严沫沉思了片刻，也从浴缸内走出来。她换上瑶瑶准备好的干净衣服，擦干头发便去了瑶瑶的房间。瑶瑶吹干头发回房间的时候，严沫已经躺在她的床上睡着了。

“真是猪一样的闺蜜。”瑶瑶扶额叹气，转身去了大厅打电话给领导，以家里有急事为由请了一个星期的假。

翌日。

严沫和瑶瑶来了一场说走就走的旅行。她们订好了机票和酒店，收拾好行李便离开了这座城市。

飞机起飞之前，严沫给顾天海和李昊各自发了一条短信。她告诉李昊她需要几天的时间思考。她告诉顾天海她和瑶瑶出国旅游了。

李昊回了“我等你”三个字，而顾天海却没有回复。

严沫拿着手机登上了飞机，她一直等着顾天海回复，直到被空姐提醒关机。

起飞的飞机很快地穿入云层，严沫透过窗户望向天空下方。

建筑物看上去小得像不同颜色的芝麻，一点点的拼凑成地球原本的面貌。

云层之上的天空透着万丈光芒，因为刺眼，严沫不得不将窗帘拉下来。她看了看早就睡过去的瑶瑶，也轻轻地将头靠在椅后闭眼休息。

一个小时后，飞机徐缓地停靠在廊曼国际机场，完全睡着的严沫将头枕在了瑶瑶肩上。瑶瑶醒过来发现衣肩上都是口水的时候，做出要扇严沫耳光的动作。随后，瑶瑶用肩膀撞了撞严沫，将她晃醒。

“起床啦，到啦！”瑶瑶起身，推着可以登机的20寸行李箱开始下飞机。严沫急忙背上行李包，跟上瑶瑶的步伐。

机场外是炎炎夏日，大部分人们穿着短袖短裤。而穿着羽绒服的严沫和瑶瑶在排队过境的时候，热出一身汗。

过了安检之后，严沫和瑶瑶急急忙忙冲去厕所换了夏天的衣服。并没有查看旅游攻略的两人掏出没有信号的手机，内心陷入崩溃。不会泰语的两人一路说着蹩脚的英语，好不容易才找到入住的酒店。

酒店的前台工作人员是一个会说许多种语言的中年男人，他十分热情，帮严沫和瑶瑶办理了入住手续，并给了她们一张曼谷的旅游攻略图纸。

“你们可以先去大皇宫，那里是泰国皇宫，是非常具有艺术价值的。还有卧佛寺，那里是泰国最古老的寺庙……”那男人用带着泰国腔调的中文，礼貌地推荐着旅游景点。

严沫和瑶瑶听他讲完之后，拿着旅游攻略图纸离开了酒店。

两人先去了泰国皇宫，那里位于曼谷的市中心，繁华热闹，人流如织。

严沫看着错落的建筑群感慨万分，这些建筑群的雕刻和绘画都无比精美，艺术气息非常的浓厚。而在这些建筑群中，并没有明确的指示牌，所以当她和瑶瑶走进大皇宫的时候，并不知道这四面白墙中，哪一面是通向大门的。

差点在里面迷路的两人是跟着中国旅行社走出来的，来这里旅游的有各个国家的人，他们说着不同的语言，穿着异国风情的服装。

严沫远远地看着那金灿灿的泰式建筑群，心想，要是顾天海也能来就好了。想到顾天海的时候，严沫的心情变得有些低落。

瑶瑶在手信区购买手信，并拽着严沫站在那尖顶的建筑物群边拍照。严沫努力地让自己保持灿烂的笑容，心里却没有半点高兴的感觉。

在接下来的几天里，她们去了泰国最古老的寺庙，去了被称为“埃菲尔铁塔”的郑王庙。她们背着行囊，在那条被誉为“曼谷洋人街”的地方游走。

街道上有许许多多的食品店，道路的两边密布着各种装修风格的酒吧，来自世界各地的人们在这条热闹的街道上狂欢着。

热衷于美食的严沫并没有和往常一样到处吃喝，她安静地跟在瑶瑶身旁，仿佛走过的每个地方，都能看见顾天海的身影。

湄公河的水并没有严沫想象中的蓝，但四周的风景和建筑都十分的有风味。

远处的夕阳落在渡轮上，人们站在游艇上观看风景。严沫静静地望着远处尖尖的建筑群，那些建筑群在夕阳的照耀下，更加灿烂耀眼。

不知道现在的顾天海在做些什么？

严沫不由自主地掏出没有信号的手机看了看，虽然酒店里有Wi-Fi连接，但她并没有顾天海的微信。李昊找过她几次，她假装没有信号而不予回复。

真可笑，明明李昊才是她名义上的男朋友，她却总是惦记着顾天海。

“严沫，我们回去吧。”早就察觉到严沫心不在焉的瑶瑶叹了一口气，严沫顿了顿，转过头望向瑶瑶，瑶瑶继续说，“你有心事吧？”

“瑶瑶，李昊向我求婚了。我曾经一直等着这一天，可当这一天真的来临的时候，我却觉得心里空空的，一点踏实的感觉都没有。你说，这到底是为什么？”严沫点点头后回答道。

“你是喜欢上顾天海了吧？”作为旁观者，瑶瑶第一次在商场遇上顾天海和严沫的时候，就看出他们相互喜欢。严沫这个笨蛋，大概还没有察觉到吧？

“我不知道……”严沫慢慢地转回视线，紧紧地握着没有动静的手机。

或许，她该回去了……

回程的飞机只花了两个小时，而在这两个小时里，严沫不停眺望窗外。

那两个小时对于没有进入睡眠的她而言，仿佛经历了一个世纪。一坐下来就睡着的瑶瑶被紧张兮兮的严沫惊醒了好几次，最后无奈地放弃了睡觉。

飞机降落的广播响了起来，严沫背上旅行包就往外跑。瑶瑶跟在后面追，最后还是被她甩在了后面。

“瑶瑶，我先回家了，你自己叫出租车吧。”严沫行色匆匆地钻进出租车内，丢下不远处拖着行李箱的瑶瑶。

“见色忘友！”瑶瑶埋怨了几句，站在路边等出租车。

“司机大哥，麻烦你再开快点，我赶时间。”严沫不停地催促着司机师傅加速。

已经超了好几辆车的司机终于忍不住回了一句：“小姐，再快我就要被警察开罚单了。”严沫安静了下来，她紧紧地握着手，紧张不安地坐在车后座上。

窗外的风景化成不同颜色的线条，快速地掠过。她不知道她为什么那么紧张，也不知道自己回去见到顾天海的时候应该说什么。她现在满脑子想的事情，就是快点到家，快点见到顾天海。

“到了。”司机将车停在了别墅门外，严沫付了钱之后，急忙跑向别墅二楼。

“天海！”严沫打开大门，呼喊着顾天海的名字。只是屋内空无一人，安静得让人害怕。

严沫转身跑向顾天海的房间，顾天海的房门上插着一把钥匙，那是他入住的时候，严沫给他的钥匙。

房门推开的片刻，严沫浑身一颤。

原本干净整齐的房间只剩四面空白的墙壁，以及那些原本就有的家具。那些和顾天海有关的东西，全部都消失了。

严沫愣在原地许久，那张轻放在桌上的信纸，随着房门吹入的气流落地。严沫缓缓地走上前，弯下腰，捡起地上的信纸。

严沫:

写下这封信的时候，我已经决定搬走了。但你不要误会，我搬走的原因并不是因为你。我原本想打电话跟你说一声，可你的电话一直打不通。所以我只好，把我想说的写下来。

严沫，或许在你眼里，我还很幼稚，除了会说喜欢之外，并没有实际行动。我从没想过以后要成为怎样的人，会拥有怎样的未来。我总觉得自己在前往未来的路上，有充足的时间去选择和思考。直到最近，我才渐渐明白，并不是所有人都有充足的时间等我成长。

幸好你不喜欢我，这样你就不会舍不得我。

以后我不在了，你记得脏衣服要拿去洗衣机里洗，冰箱的食物不要放到过期才吃，还有，用完的颜料要放好，不然下次要用会找不到……

——顾天海

信纸从严沫的手中滑落，她不由自主地往后退去，直到退无可退，靠在墙壁上。

泪水不受控制地坠落，她不知道自己在难过什么，她只知道这一天，她躲在这个空空的房间内哭了很久。

最后，她在难过和困倦中睡了过去。醒过来的时候，屋内安静地只能听见时钟走动的声音。

严沫急忙穿上鞋子跑向厨房，厨房被收拾得干干净净。曾经站在灶具边的人化成幻影消失不见了。

严沫失落地望着空空的餐桌，平时这个时候，餐桌上会摆满早餐，顾天海会一边解开围裙，一边对她说教："能不能别老吃喝碗里地看着锅里的？我又不跟你抢。"

严沫转身走向冰箱，想看看冰箱里有没有现成的食材。

当她打开冰箱时，看到冰箱内的所有食材都贴着日期和名字。顾天海细心地将不同食材的烹饪方法都写在了标签上，防止严沫乱来。

"把这些都写上，是把我当笨蛋吗？"严沫苦笑着，从冰箱里拿出一枚鸡蛋。原本想煮鸡蛋吃的她，无论如何也打不着煤气灶的火。关着煤气瓶的柜子上贴着标签，上面写着：煤气瓶我关了，使用的时候逆时针拧开。

严沫呆呆地看着那张标签，随即将它撕掉。

顾天海不在了，她的生活只不过是回到了原点。既然回到了原点，就没必要留着这些回忆。

严沫准备将屋内所有标签都撕掉，可这个屋内，似乎所有的角落都留下了顾天海写的标签。不管是在厨房、卧室还是大厅，全都是顾天海写的标签。

严沫看着这些标签，脑海里一遍遍地地回放着他们相处时的场景。他们一起去超市买东西、一起制作圣诞树、一起打扫房屋、一起逛街、一起讨论每天吃什么……

严沫突然停止撕标签，她静静地伫立在大厅某个位置。

这屋里到处都是关于他们的记忆，就算生活可以回到原点，那颗已经不能停止的心，已经回不到原点了……

自从顾天海回家后，顾珍妮便张罗着凑合他和叶紫欣的事情。因为顾珍妮的认可，叶紫欣经常会出现在顾天海家里。叶紫欣虽然任性霸道，但在为人处世上却做得十分好。

在家休养的顾少军非常喜欢听叶紫欣讲故事，也把她当成女儿疼爱。顾珍妮知道顾天海不喜欢叶紫欣，但还是经常在顾天海耳边讲着叶紫欣的好。

顾天海回来之后，便去参加了公司的培训班，学习一些基本的金融管理知识。

“天海，今天天气挺好的，你和紫欣出去逛逛吧。”终于逮到顾天海在家的顾珍妮急忙拽住他，并将叶紫欣托付给了他。

正好从公司回来的顾天海有些无奈，但看在叶紫欣对自己家人不错的份上，便应允了顾珍妮的要求。

严沫实在没法待在那间到处都是回忆的房子里，她带上手机便走去了商场找瑶瑶。

服装专柜的瑶瑶正在给一名年轻女性推荐大衣，心情不好的严沫上前便说了句：“这里的衣服显老，不适合你。”

正在照镜子的年轻女性瞥了严沫一眼，不高兴地脱掉大衣转头离去。急忙接过大衣的瑶瑶万分沮丧，望着准备掏钱付款的顾客心痛万分。

“严沫！你再这样我就跟你绝交！”

“你还有多久下班？我们去喝下午茶吧，我一个人好无聊。”严沫一屁股坐在前台的滚轮皮椅上，并在店内来回地转。

“严沫，你不要在这里玩了！快走吧，一会儿店长看到了要扣我工资的！”

“那你快下班陪我去吃饭，我好饿。”

“我还没到点怎么下班？你以为我是你啊，不用上班。你赶紧起来，一边去，我还有半小时才下班，你自己到处逛逛吧。”瑶瑶将捣乱的严沫拽起来，赶出服装专柜。

严沫努努嘴，走出商场外面，开始瞎转悠。

两抹熟悉的背影停靠在斑马线外面，马路对面的红灯亮着，行人们纷纷停驻下来等待。

严沫隔着街上川流不息的人群，望向那两抹身影。叶紫欣亲昵地挽着顾天海的手臂，笑得一脸明媚。而顾天海保持着惯有的腼腆，轻轻地将自己的手抽回来。

绿灯亮起的时候，人们迈开了向前的步伐。如织的人流很快将那两抹身影掩盖，严沫生怕他们穿过斑马线会遇上自己，急忙转身跑回了商场。她依靠在商场电梯旁边的墙壁上，神色黯淡。

几天不见，顾天海的穿着打扮变得成熟了许多。可他的事情已经跟她没有关系了吧？叶紫欣和他站在一起的时候，是那么般配。不像她，总是做着和实际年龄不相符的事情。

严沫木然了很久之后，渐渐想起那种名为失恋的感觉。

“严沫，你站在这里干什么？我下班了，要不要一起去吃饭？”瑶瑶的声音将严沫的思绪拉了回来，严沫努力地将溢满眼眶的热泪憋回去。

“我想去吃三文鱼。”严沫望向瑶瑶的时候，正一脸灿烂地笑着。而这样的笑容突然一点点凝固起来，瑶瑶顺着她凝视的方向转身。

在她们身后不远处，李昊正低头吻着一名衣着性感的卷发女人。他们毫不忌讳这是公共场合，肆意说着调情的话。

那一刻，严沫觉得浑身的血液都凝固了。她杵在原地，呆呆望着那个方向。等她回过神的时候，瑶瑶已经冲上前拽过李昊，狠狠地给了他一巴掌。被李昊亲吻的女人尖叫一声，引来了无数路人的围观。

李昊看到严沫的时候，周围已经站满了人。看热闹的人们纷纷议论着，不知道是不是原配和小三抢男人。

严沫望着李昊，没有任何的表情。

她记得，很久很久以前，有人告诉她，李昊有了新欢，李昊不要她了。那时候她没有相信，她坚信着那个她曾深爱的人，没有变。

直到现在，她亲眼看见。

原来人心真的是会变的，我们都不知道自己会在什么时候喜欢上什么人，也不知道自己会在什么时候就不喜欢某个人了。

严沫在突然的瞬间，有一种释怀的感觉。那些曾以为的难过，早就不在了。她一步步朝着李昊的方向走去，然后缓缓地将无名指上的戒指摘下来。

“李昊，你说过，我们一直都没有正式分手。我想，今天，大概就是那个正式分手的日子吧？”严沫走到李昊面前的时候，那枚戒指已经递到了他的手里，“我们正式分手吧，以后互不打扰，各自安好。”

“严沫，你听我解释，这个女人不是我的女朋友，你才是，我爱的人只有你一个，你要相信我，我跟她在一起是因为……”李昊慌张地解释着，并竭尽全力地和身边的女人撇清关系。

前一刻还你侬我侬的两人，在严沫出现之后，变得形同陌路。被否认是对方女朋友的女人瞪大了双眼，她上前抓过李昊，二话不说给了他一巴掌。

“你真是个混蛋！以后不要再出现在我面前！分手！”甩了李昊一巴掌的女人转身便离开，而她脚下的“恨天高”突然断了，女人歪了一下脚，气急败坏地将那双“恨天高”踢掉。

看热闹的人们唏嘘着，看着那个身材丰盈的女人光着脚离开了这里。

“严沫，你不要听她胡说八道，其实我跟她一点关系都没有，我是为了……”

“够了。”严沫打断了李昊，她抬起双手，缓缓地绕到自己颈后。那条刻着李昊名字的项链被解开了扣子，严沫将项链放在掌心，递给李昊，“其实我早就该明白，有第一次背叛，就会有第二次，第三次……李昊，我们就到此结束吧。”

李昊却迟迟不肯伸手接过那条项链，严沫把放着项链的手背了过来。原本躺在掌心的项链落在了地上，发出了微弱而沉闷的声响。

严沫转身就离开，周围看热闹的人们纷纷让开一条小路。

李昊站在原地，低头凝视着地上的项链。他紧紧地攥着拳头，最后发出一声压抑的咆哮。

瑶瑶急忙追着严沫跑出商场，商场外面是被风扬起的尘土。尘土模糊了视线，让人忍不住闭上眼睛等待大风停息。而大风渐停的时候，瑶瑶已经看不见严沫的身影。

夜幕逐渐将城市笼罩，下班的人群聚集在地铁站内，争先恐后地挤上不同线路的地铁。

城市内的地铁站总是和一些地下商场连接在一起，许多出来聚餐和逛街的人们聚集在这些地下商场。

并无心出来逛街的顾天海被叶紫欣拉着进了地下商场，商场内有各种品牌的服装店，小食街和连锁餐饮店遍地都是，看得人眼花缭乱。

叶紫欣看到好看的服装和包包都会毫不犹豫地刷卡买下，顾天海则理所当然地成了提东西的人。

“紫欣，时间不早了，我送你回家吧。”逛了一天，实在没精力的顾天海委婉地说着，而叶紫欣意犹未尽地停在一间服装店门口。

那是一间专门卖礼服裙的店铺，各种不同风格的裙子在灯光下闪闪发光。顾天海望着里面的裙子，脑海里掠过严沫第一次穿礼服裙的模样。

严沫认真打扮的时候，也很好看。

“天海，不如我们去吃西餐吧。”忽然，叶紫欣转身挽着顾天海的手，她四周围看了一圈之后，将注意力落在了前面的“月影西餐厅”上。

顾天海没有拒绝，跟在叶紫欣身后，拎着大包小包。

月影西餐厅内，法式的装修风格显得十分浪漫。大概是因为这家西餐厅的消费水平很高，所以来这里就餐的人不多。顾天海和叶紫欣进去之后，很快地找到了位置坐下。

“天海，听说来这里吃饭的都是情侣。你说，我们现在像不像情侣？”叶紫欣眨巴着璀璨的眸子，期待着顾天海的答案。自从严沫这个眼中钉拔出之后，叶紫欣又开始了新一轮的追击。

“紫欣，虽然我爸和我姐都想凑合我们，但我希望你能明白，我并不喜欢你。我可以把你当成妹妹，或者朋友，但我不会把你当成女朋友。”顾天海直接拒绝了叶紫欣。

前一刻脸上还挂着笑容的叶紫欣，突然拉长了脸。

服务员拿着菜单前来的时候，叶紫欣起身，气愤地离开了西餐厅。拿着菜单的服务员有些尴尬，他站在顾天海身旁，不知道该不该把菜单递过去。

顾天海看着被叶紫欣遗弃在椅子上的购物袋，十分头疼。

“不好意思，我不点餐了。”

顾天海看着服务员递来的菜单，有些不好意思。他提起那些沉甸甸的购物袋，走出了西餐厅。

西餐厅往左一百米就是地铁站入口。

顾天海望着拥挤的人群，果断放弃乘坐地铁。他提着叶紫欣丢下的购物袋，走到了路边。

大街上的空气比地下凉一些，也更加流畅。

许多商业建筑物的门牌都亮着霓虹灯，车牌颜色不同的汽车在路面上快速地移动。一些车顶挂着LED显示牌的出租车在路边停靠着，开车的司机们有的在吸烟，有的在吃晚餐，还有的站在车子外面等待乘客。

顾天海刚伸出手，不远处的一辆出租车便快速地开到了他面前停下。

“小伙子，去哪儿？”

“麻烦你帮我把这些送到这个地方。”顾天海掏出一张名片，那里是叶紫欣父亲公司的地址，“门口有个保安亭，你告诉他是叶紫欣小姐的就可以了。”

“你不上车？”司机疑惑地看着顾天海，顾天海正在掏钱。

“师傅，你告诉我多少钱就行了，我这边给钱。”

“那里不算远，收你二十八元吧。”司机看了地址一眼，说道。顾天海付了钱之后，目送司机离开。

在下雪天会喝得烂醉的只有两种人，一种是失恋的人，一种是酒鬼。严沫大概属于第一种。

“对你爱、爱、爱不完……”严沫唱着郭富城的经典老歌，步履踉跄地走出酒吧。扶她出来的服务员送她走下门口的阶梯，看着她往前走了之后才转身回去酒吧。

顾天海漫无目的地行走在大街上，他不知道自己该去哪里，只是觉得心里很闷，想到处走走。

不知不觉，他停在了一家酒吧门口。他第一次来这家酒吧是因为严沫，那个明明没钱却还要去喝酒的笨蛋。可为什么他会在这里停住脚步？他已经搬走了，已经和那个笨蛋没有关系了。

“来，再干一杯！我是东方不败，我是千杯不醉！哈哈哈……”扶墙吐完的严沫继续发酒疯，她看不清眼前的道路，只凭感觉一直往前走。而当她再往前的时候，却撞进一个结实的胸膛里。

“严沫？”突然被严沫撞到的顾天海有些惊愕，他没想过会在这里遇到严沫。而且她又喝得迷迷糊糊。

“咦？顾天海？是你啊？哈哈，我一定是喝多了出现幻觉了。”严沫戳了戳顾天海的胸膛，并伸手掐着他的脸，说道，“一定是幻觉，我的小海怎么会出现在这里呢？他应该跟叶紫欣在一起才对。”

“严沫，你喝多了，我先送你回家。”顾天海担心严沫一个女生在外面会有危险，他拽住严沫的手臂，想拉着她去路边叫出租车。

“你走开，你又不是我的小海，不要你管。”严沫皱着眉头，甩开顾天海的手，并打了个饱嗝。她像疯子一样，在顾天海面前手舞足蹈，乱叫乱跳，最后突然蹲在地上哭了起来，“天海不理我了，他走了。”

“你又在胡说什么，明明是你先赶我走的。”顾天海无奈地叹了一口气，他伸手拉起蹲在地上的严沫。站稳的严沫突然扑进他的怀里，紧紧地抱住他的腰。

“我今天，看到李昊和别的女人在一起。”

“所以你才喝那么多酒吗？”顾天海皱着眉头，心里有些不高兴。

“我很高兴啊，我们终于可以正式分手了。可是我也好难过，因为我再也见不到我的小海了。他走了，他不要我了。”严沫将头埋在顾天海的怀里，浑身颤抖，泣不成声。

“其实我才是那个幼稚的人，明明喜欢却不敢开口。顾天海，我喜欢你，你知不知道？我一点也不想你走，一点也不想，呜呜……”

“你这是酒后吐真言吗？”顾天海心疼地看着在自己怀里哭的严沫，她就像一只无家可归的小猫。

顾天海轻轻地搂着严沫，让她将哭泣的脸埋进自己的胸膛。他不想让别人看到严沫哭泣的样子，他只想保护好她。

“我们回家吧。”

顾天海伸手拦截了一辆出租车，他扶着严沫走进车内。已经哭喊到疲惫的严沫枕着顾天海的肩膀，沉沉睡了过去。

开车的司机透过后视镜，看着后座上的一男一女。他们像吵架又和好的小情侣，顾天海温柔地用纸巾拭干她脸上的泪水，轻轻地抚摸着她的头发。

“年轻真好。”司机大叔不由得发出感叹。

顾天海朝着司机的方向看了一眼，不由得轻笑出声。

出租车到达目的地的时候，严沫已经完全睡着了，顾天海只得将她背在背上。两人走在昏暗的灯光下，好似一场老电影。

出租车开走的声音消失在深夜，严沫趴在顾天海的背上，双手自然垂落。顾天海停在大门前，折腾了许久才找到严沫身上的钥匙开门。

大门打开的瞬间，一股臭袜子的味道夹杂在泡面味道里，异常的恶心。受到毒气攻击的顾天海连忙打开大厅的灯，他迅速地将严沫放在沙发上，并打开室内的窗户通风。

“我才不在几天，你就把家住成这样。”顾天海扶额长叹，而严沫已经抱着沙发上的抱枕睡死过去了。

最后顾天海花了一个晚上的时间，将严沫家所有的垃圾清理掉，并全面打扫了一遍。明明是大冬天，他却因为过量运动而出汗了。

顾天海打扫完卫生的时候，墙壁上的时钟已经走到了六点。

他看着还在打呼噜的严沫，又叹了一口气……

严沫醒过来的时候，顾天海已经做好了早餐。他站在门口的位置，正准备换鞋子离开。严沫揉了揉惺忪的睡眼，环顾着干净整洁的屋子，确定自己并不是在做梦。

“天海。”严沫掀开盖在身上的棉被，三两步跑上前，紧紧抱住顾天海的腰肢。顾天海突然一颤，似乎并没有预料到严沫会在这时候醒过来。

“你醒了？早餐我已经做好了，我现在要去公司了。”顾天海轻轻地将严沫的手松开。

“天海，你还喜欢我吗？”严沫微微低下头，害怕正视顾天海的眼睛。

“其实我一直都不喜欢生活不能自理的女生，也不喜欢总是蜗居在家里什么都不会的女生。”顾天海直截了当地说着自己曾经的择偶标准，“而你也不喜欢像我这样幼稚的实习生，其实我们都一样，达不到对方心里的标准。”

严沫呆滞在原地，失去反驳的力气。当她反应过来时，顾天海已经离开了她家。

许久，严沫收起眼泪。她跑到面向大街的阳台，冲着那抹渐行渐远的背影大喊：“顾天海，我会努力成为出色的人，我不会让你看不起我的！”

往前走着的顾天海停顿了一下，他不由得轻笑一声。

那我也不会让你看不起我的，等我们都变得更加优秀的时候，一定还能再相遇的……

第八章

那久违的感觉正逐渐苏醒

两年后，星海漫画出版社。

纸张和墨水的味道，在办公楼层内弥漫着。约莫两百平方米的大型办公室被隔板墙划分为好几个区域，不同组的编辑在不同的区域内审核画稿。键盘打字的声音不轻不重地回荡着，混合在冷气中。

窗外，是炎炎夏日。

星海漫画出版社有几个独立的办公室，分别是老板、财务和行政人员专用的。星海的老板是个神龙见首不见尾的中年男人，严沫来这里已经有两年时间，但几乎没见过老板来上班。算起来，她大概只见过老板三次。

第一次是她来面试的时候偶遇到了，那一次出版社处于最忙碌的时候，而老板却在办公室内听着音乐跳恰恰舞。那优哉游哉的模样，让人觉得星海的生死都与他无关；第二次，是严沫来这里半年之后，某个同事生日请了所有人去唱歌，碰巧老板也去了。那一次，老板带着美女，抽着雪茄，喝着啤酒，十分潇洒；第三次，是出版社出现了版权问题，需要主要负责人出来解决。

在严沫的印象中，星海的老板就是一个长期处于漫游状态的人。而严沫之所以会来这里，是因为曾经给这家出版社投稿，随后阴差阳错地当上了漫画审稿组的主编。

严沫时常觉得，星海漫画出版社是依靠她才撑到今天的，因为她不仅是星海的人气漫画作者，也是这里工作年限最长的美编。之所以说是工作年限最长的美编，是因为星海的老板对出版社毫不关心，导致出版社内的人员流动非常大，今天还在同一个办公室审稿的编辑，明天可能就坐在了别家出版社的办公室内。

严沫本着做熟不做生的原则，在这里熬了两年。这两年来，星海一直处于不温不火的状态，老板也越来越不靠谱。如果突然有一天，出版社倒闭了，严沫也一点都不惊讶。

“沫沫，你负责的那个叫‘铜钱’的作者还没交上色画稿？”端着咖啡从走道走过的丽仁随口问道。她是另一个组的美编，经常和严沫搭话。

坐在滚轮椅子上的严沫踢了踢办公桌，往走道的位置移了出来。她无奈地伸了伸懒腰，叹气道：“那个作者简直是个拖稿钉子户，上周答应要交上色稿，拖到这周就开始闹失踪。打电话不接，QQ不回复，就差我直接上门找人了。”

说到这里，严沫不由得想起两年前的自己。那时候她也是一个十足的拖稿钉子户。想想，也真是苦了当时负责她的编辑。

“笃笃笃”的电子敲门声从严沫桌上的电脑传来，严沫瞟了一眼电脑桌面右下角闪烁的QQ头像，随即将滚轮椅子移回去。

昵称为“最爱沫沫”的聊天窗口弹出桌面，两朵玫瑰花的图案弹出对话框，严沫笑了笑，回复对方两朵弯腰的玫瑰花图案。她将手指放在键盘上，思索几秒后，快速地输入一行字：“你不上班吗？”

“午饭时间呢，我刚才在楼下的报刊亭买了一本你新出的漫画，超喜欢。你下一本漫画打算画什么呢？”对方很快地回复了严沫。严沫被这么一问，也陷入了沉思。

下一本漫画，画什么好呢？

“嘿，你又在跟那个读者聊天？”端着咖啡杯准备去饮水室的丽仁又凑到了严沫身旁，她看着严沫电脑桌面的聊天窗口，坏坏地笑着，“你俩都聊了两年了，就没想过约出来见见？”

“网络上的朋友是见面不如闻名，再说了，我又不是和他相亲，没有见面的必要。”严沫努努嘴，催促着丽仁去洗咖啡杯，别弄得她浑身都是咖啡味。

丽仁耸耸肩，转身就走去了饮水室。严沫回正视线的时候，“最爱沫沫”的头像已经变成了灰色，似乎是下线了。

“最爱沫沫”是严沫的读者，也可以说是疯狂而忠实的粉丝。大概从两年前开始，这个人便突然加她为好友。验证信息是：最爱看你漫画的读者。

一开始，严沫以为是无聊人士的恶作剧，便没有添加他，直到那个人发来十几次邀请，她才勉为其难地同意添加好友。

后来，那个人一直跟她聊她之前发行的漫画作品。原本对自己作品没信心的严沫像看到了一束光，这束光指引她前进，给她动力。那个叫“最爱沫沫”的读者，便是光源。

对于作者而言，能被读者喜欢和认可是一件非常快乐的事情。大概从那时候开始，严沫将那些失去的信心重新捡了回来。她开始构思属于自己的漫画，也开始走出社会，寻找自己的人生价值。

再后来，他们的聊天内容从漫画到生活，到许多细节。严沫开始喜欢和那个人聊天，也渐渐地把他当成精神支柱。即便，她对他的一切都一无所知。

“大事件！大事件！”到楼下买快餐的杨清提着快餐盒，一路飞奔进办公室。原本安静的办公室，突然多了几丝热闹的气息。严沫也朝着杨清的方向望去，办公室的八卦人群早已经围了过去。

杨清是编辑组的数据库，是一个眼观四方耳听八方的人物，所有的花边新闻和娱乐消息都能从她那里打听到。办公室的其他人给她取了个名，叫“八卦收割机”。

“嘿，收割机，今天又是哪个明星出轨啦？”

“不会是楼下又开了新的快餐店， 在打折特卖吧？”

“我猜应该是又有人扶老奶奶过马路被讹诈了。”

围在一起的同事们七嘴八舌地说着，还在喘气的杨清并没有及时地纠正他们。等她喘过气的时候，他们出版社的老板正领着一男一女从正门走了进来。聚集在走道上的编辑们也迅速地回到自己的位置审稿。他们的视线随着老板和另外两个人移动，严沫朝那方向望去的时候，整个人都怔住了。

那张熟悉的面孔变得有些严肃，这份严肃让人感到陌生。那张面孔的主人对上她的目光，故作冷漠。随即，走进了老板的办公室内。

顾天海？他为什么会在这里出现？严沫心里带着疑问，却没有说出口。她呆呆地望着关闭的办公室门，见玻璃窗被百叶窗遮挡，心里有些失落。

两年没见了，他好像变得不一样了。曾经喜欢穿运动卫衣的他，换上了西装革履。他的眉目虽没有改变，却添了一份成熟和从容。

那个人，一点也不像那个她曾经认识的顾天海。

“我刚才要说的大事件就是，我们星海出版社要迎来春天了。顾氏集团打算收购我们的出版社，并在不解雇任何人的前提下继续运营下去。我听说，新来的老板打算大规模招募画手。”

“工资也会涨吗？”

“运营得好的话，那是肯定的吧？”

“刚才那一男一女就是新来的老板？”

“听说他们是两姐弟，姐姐叫顾珍妮，弟弟叫顾天海。姐姐好像是挺反对弟弟收购出版社的，刚才我在下面看到他们的时候，姐弟俩还在吵架，姐姐一脸罗刹的表情。”

围在一起议论的同事们叽叽喳喳地说着，而严沫就像局外人般，静静地坐在自己办公桌前。

顾天海和顾珍妮离开的时候，严沫正拿着资料去电脑室打印。顾珍妮和她擦肩而过时，傲慢地瞟了她一眼。她顺势望向顾天海的方向，顾天海并没有回头看她，而是径直离开了出版社。

严沫紧紧地攥着手中打印出来的资料，心中生出一份失落。

那个曾经嚷着喜欢她的少年，大概已经把她忘记了吧？

“沫沫，你要的是鱼香肉丝还是鱼香茄子？”杨清尖锐的声音拉回了严沫的思绪，严沫回过神来，回应了一句：“我点的是鸡腿饭！”

吃完快餐的严沫趴在桌上小憩了一会儿，为了防止被打扰，她将QQ消息提醒设置为静音模式。只是电脑虽然没有发出声音，但办公室内却不停地传出乱七八糟的声音。老板叫了人搬走自己办公室的东西，不一会儿又来了一群搞装修的，吵得所有人不得安宁。

下午即将下班的时候，老板已经清理好了自己的东西，并让人放到他停在楼下的小车内。他走的时候仅仅和大家打了声招呼，出版社内的人们也意思意思地走到楼下，欢送他离开。

下班后，严沫自己去买菜回家做饭，并收拾了一下屋子。

时间不知不觉到了十点半，严沫走进浴室洗澡。

半个小时后，沐浴完的严沫一边用干毛巾擦拭头发，一边走进大厅。大厅所有的东西都井然有序地摆放着，屋内也没有任何奇怪的味道。

自从顾天海搬走之后，严沫给自己立了规矩：如果不收拾屋子就请瑶瑶吃西餐；如果不学会做饭就请瑶瑶吃西餐；如果室内有异味就请瑶瑶吃西餐……

当然，作为当事人的瑶瑶并不知道这件事情。所以，严沫偶尔还是会偷一下懒的。

放在茶几上的手机微微震动了一下，手机弹出了QQ的对话框，对话框显示的昵称是“最爱沫沫”。严沫拿起手机，解开指纹锁，并点开聊天窗口。

“沫，你在干什么呢？今天晚餐吃什么？上次分享给你的糖醋排骨学会怎么做了吗？”

心情并不是很好的严沫只是回了一个微笑的表情，并将今天在公司遇到顾天海的事情倾诉给“最爱沫沫”听。

“你应该把握机会，下次见面的时候告诉他你的心意，这样一来就算失败了也不会后悔。”手机QQ的聊天窗口弹出这样的回复，严沫看着对方的回复稍稍停顿了片刻。

没等严沫回复，对方又发来了这样的文字：“男生有时候会故意假装冷漠，和女生一样害怕对方已经不喜欢自己了。所以，你应该告诉他你喜欢他。说不定，对方和你的想法一样呢？”

对方真的会和我一样吗？一样喜欢着对方，却又不敢开口？

严沫心里呢喃着，却没有回复。她将头发吹干后，躺回房间的床上，陷入沉思。房间里一片寂静，寂静得忘记了自己沉思的原因，寂静得稍微闭上眼睛，就便进入了梦乡。

梦里，顾天海站在雨里，他重复地问着她同样的话。在梦里，她明明想开口说出自己的心意，却被一场雨淹没。雨水化成滔天巨浪，她隔着无法逾越的巨浪，望着那渐去渐远的背影。

“天海！”猛然醒过来的严沫喊出了那两个字，她坐起身的时候，阳光从窗帘的缝隙中透进来。她回想着那个梦境，不由得轻轻地呢喃出后面那两个字，“别走……”

自从星海出版社换了老板之后，办公室内便洋溢着一股紧张而严肃的工作气息。这股气息，来自于顾珍妮，那个无时无刻画着浓妆的女霸王。

顾珍妮原本应该出现在高档商场，尽情地刷卡购物。而事实上，她选择了在星海出版社叱咤风云。原因也很简单，拥有行政文秘双学位的她，觉得请人管理不如自己管理。

各大编辑组因为顾珍妮的到来而心惊胆战，工作效率也在几天内飞速提高。顾珍妮在的地方便会呈现出刀山火海的画面，她会监督每一组编辑的审稿进度和交稿进度。只要被她看到工作不认真，就会被她骂得狗血淋头，不少编辑被顾珍妮训斥到想辞职回家耕田。

顾珍妮在的办公室，就像黑色星期天。

对于顾珍妮强制执行的管理，顾天海并不过问。或许从一开始，他也不打算管理编辑们内部的事情。他从来到星海开始，便一直坐在办公室里。他花了一个星期的时间，审核这些年来出版社的财务报表和经营状况。在他完全了解星海之后，迅速地召开了集体员工大会，总结出版社的盈利现状以及以后的发展方向。

会议结束之后，女同胞们都被顾天海的气魄震慑到，恨不得能一直在星海上班。

严沫拿着记事本，她并没有马上离开会议室。她的视线一直落在顾天海身上，而顾天海正整理着桌上的文件。

她该不该告诉他，她还是喜欢他？和过去一样？

严沫犹豫着，就在她准备朝着那个方向走去的时候，会议室的门被推开了，高跟鞋的声音回荡在寂静的空间。

“天海，下班一起去吃饭吧？”叶紫欣的声音仿佛是最有力的武器，突然弹断了严沫的心弦。她呆滞在原地，望着叶紫欣走向顾天海，望着她亲昵地挽过他的手臂，笑得一脸暧昧。

叶紫欣走过来的时候，顾天海不由得皱起眉，当他抬头往某个方向望去的时候，那里已经空了。

“今天没空，你没事不要来找我，会影响我上班。”顾天海拒绝了叶紫欣的邀请。

“你整天都没空，也不陪我。”叶紫欣努努嘴，并询问厕所的位置。

“出门右边左转是女厕。”顾天海冷冷地说着，似乎并不想搭理叶紫欣。虽然他再三地拒绝叶紫欣，但叶紫欣仗着顾珍妮喜欢她仍然不依不饶。

叶紫欣轻轻扬起唇角，走出办公室。

回到自己办公桌的严沫开始联系“铜钱”，催她交稿子。想要用工作麻痹自己的严沫并没有留意到，身后的脸已经凑到了她耳侧。

“果然是你。”

严沫一惊，条件反射地往后挥了一拳。鼻子受了一拳的叶紫欣往后趔趄，而那双“恨天高”不受力地折断了。

办公室内回荡起巨响，不同组的编辑围上来的时候，叶紫欣已经狼狈地摔在地上。摆在墙边的铁架子也被她顺势掀翻，架子上的A4纸和样刊落得满地都是。

“怎么回事？”

“发生什么事情了？”

“沫沫，你们在干什么？”

编辑们迅速地围上来，严沫急忙上前将叶紫欣扶起来。

被那么多人看到自己狼狈模样的叶紫欣咬牙切齿，她一把将严沫推倒。站在严沫身后的杨清顺势扶住了她，而叶紫欣还没站稳的时候，另一只高跟鞋的跟也崴断了。没来得及扶住她的旁人，只能眼睁睁地看着她再摔了一次。

“发生什么事情了？怎么那么吵？”

顾珍妮走过来的时候，叶紫欣正委屈地坐在地上啜泣。顾珍妮急忙驱散人群，并将叶紫欣扶起来。

走路变得一瘸一拐的叶紫欣被顾珍妮扶着离开公司，她临走前怒瞪了严沫一眼，愤怒地说道：“严沫，顾天海是我的，你给我等着瞧！”

办公室内的人有些迷茫，随后开始了议论。严沫叹了一口气，不想继续待在这种氛围的办公室内。她走出公司，去楼下的小卖部买了一瓶冰红茶。

当严沫往回走的时候，顾天海正好走出大门。同时停顿下来的两人面面相觑，许久，顾天海才开口道：“你是不是有话想对我说？”

严沫犹豫着，点点头后又快速地摇头。她想起叶紫欣怒瞪着她的样子，有些不知所措。或许顾天海和叶紫欣已经在交往了，她不能成为破坏别人感情的小三，绝对不能。

“你该不会还喜欢我吧？”在严沫绕过顾天海走向电梯的时候，顾天海突然问道。严沫停住了继续往前的脚步，不知道该不该回答他。

电梯门缓缓地打开了，严沫犹豫片刻后，迈步走进了电梯内，选择逃避这个问题。

顾天海听着电梯门关闭的声音，深吸一口气，不由得感慨：“严沫那个笨蛋。”

自从叶紫欣在众人面前出丑之后，她就再也没有来过星海出版社。严沫好不容易松了一口气，却又被呼风唤雨的顾珍妮当佣人使唤。顾珍妮会故意拨通她办公桌上的座机，让她去冲咖啡、买早餐午餐，做一些与工作无关的零碎事情。对于严沫的悲惨遭遇，同组的编辑深感同情，却又爱莫能助。

“严沫，你带的那个作者怎么拖了一个月的稿子都不交！你怎么当主编的？”顾珍妮核实了一下作者们的交稿量之后，气愤地吼着端来咖啡的严沫。严沫吓得肩膀颤了颤，怔在原地。

“那个叫铜钱的作者一直闹失踪，我也联系不上她……”

“我不想听任何的借口！QQ联系不上就用微信！微信联系不

上就打手机！手机打不通就打座机！座机打不通就上门找！”顾珍妮莫名的火大，对严沫的办事能力感到十分不满意。

“我马上去催稿！”严沫迅速地逃离顾珍妮的办公室。她将所有的方法都尝试了一遍，但那个叫“铜钱”的作者就像人间蒸发了一样，聊天软件不回复，手机、座机打不通。最后，严沫只好打开了那份作者个人信息的文档，查询铜钱的家庭住址。

“天南路西街39号。”严沫呢喃着“铜钱”个人信息上的地址，原来“铜钱”家也在这个城市？

“杨清，我出去一下，有事给我打电话。”严沫交代一声之后，拿起斜挎包便离开了公司。

严沫出门的时候，是错开了上班高峰期的，而今天的交通却意外的拥堵。严沫坐在车内望着外面排成长龙的车辆，不知道为什么这个时候会塞车。

“前面好像是发生了交通事故。”司机见严沫一直往外眺望，便指了指前面的十字路口，“这条路只有一个路口，所以发生交通意外的时候，这里就会堵死。”

严沫一副已了解的模样，点点头。随后找出包包内的耳机，插入手机的耳机接口，开始一边等交通顺畅，一边听歌偷闲。

在城市的某个地方，煤气爆炸声响彻整条街道。周围的居民惊慌失措地跑向安全的地方，燃烧着的建筑物被火海吞噬。冒着黑烟的大火从碎裂的玻璃窗内窜出来，场面骇人惊悚。

火警以最快的速度到达现场，水柱喷射的声音和大火窜动的声音合二为一。楼下的人们聚集着，忙着打电话报警和呼叫救护车。城市的记者们也快速地就位，展开了现场联播。

“大家下午好，你们现在所看到的就是天南路西街39号煤气爆炸的现场。救援队伍正在努力地进行灭火和施救。根据居民的反映，发生煤气爆炸的住户是一名职业漫画作者……”穿着并不算很正式的女记者拿着麦克风，在摄像机和消防车前直播着。

坐在茶餐厅的顾天海看着挂在墙上的电视，电视上正在直播新闻。茶餐厅内的人们也在关注电视上的新闻，并发出感慨。吃完饭的顾天海走回公司，在路过严沫办公桌的时候，并没有看到严沫的身影。

“严沫呢，她去哪儿了？”顾天海随意问了问刚好从身边走过的杨清。

“去找‘铜钱’了。”杨清端着咖啡，不假思索地说。

“铜钱？找铜钱做什么？入伙进宅？”

“不是，‘铜钱’是个人，严沫负责的作者中的拖稿钉子户。”杨清解释道，并搅拌着杯中的咖啡，“好像也在这个城市，听说是住在天南路北街里头，严沫去她家催稿了。”

“天南路北街？”顾天海不由得重复了一遍，新闻直播所说煤气爆炸突然弹出他的脑海，“门牌号是多少？”

“好像是39号。”杨清一副思考的模样，待她回过神时，顾天海沿着进来的方向跑走了。

一辆银色的小车在马路上快速地驰骋而过，准备掉头和换道的车主被突然超车的顾天海吓得不轻，一路上骂声不断，但顾天海无暇顾及，他一脚将油门踩到底，车速显示指针在180到200之间摇晃。

救护车和消防车停靠在黄线内，警车也已经到达事故现场。黄线外站满了围观的人，抬着担架的医护人员将受伤人员扛下来。到达现场的顾天海迅速地踩下刹车，停在了人群外。他拨开人群闯入黄线内，寻找着严沫。

“你是谁，你闯进来干什么？”警察上前拦住顾天海，而顾天海大喊着严沫的名字。

“我女朋友在里面，让我进去。”

“里面的温度还没降下来，你不能进去。”警察拦着要冲上楼找人的顾天海。

“让开，让开。”医护人员扛着担架，催促顾天海和警察们让开。警察们拽着顾天海往后，让出一条小路。而顾天海看着担架上盖着白布的女人，浑身一颤。他用尽全力推开拦住自己的警察，扑到担架前，抱着被白布盖住的人大哭起来。

“严沫，你不要吓我，你起来，你这个笨蛋，无端端跑去别人家做什么，整天要人担心……我都还没来得及告诉你，我喜欢你，你怎么可以丢下我就走了？你不是说我幼稚吗？你不是说我不成熟吗？我回到你身边就是想告诉你我已经是独当一面的大人了……对不起，要是我早点告诉你，我是为了你才来星海的，你就不会出事故，对不起……”顾天海前言不搭后语地大哭着，让扛着担架不能前进的医务人员很头疼。

因为塞车而耽误了时间的严沫穿进人群里，她站在黄线外，呆呆地看着抱着别人大哭的顾天海。他所说的每句话都敲在了她的心上，那一刻，她仿佛又看到了两年前那个幼稚的小鬼。那个她喜欢着的，顾天海。

“顾天海！”站在人群里的严沫朝着顾天海的方向大声喊了一句。

顾天海愕然一惊，眼眶中的泪水停顿了下来。他机械地朝着声音的发源处望去，站在黄线外的严沫也泪汪汪地看着他。

“严沫？”顾天海松开抓住担架的手，医务人员则迅速将担架抬上车。救护车徐缓地开立现场，消防车和警车也尾随在救护车后面。

顾天海就这样伫立在原地，望着严沫。那一刻，他眼中所看到的事物都是苍白的，而在那片苍白中，只有严沫耀眼无比。严沫跨过黄线，跑向顾天海。袭来的拥抱，让忽然静止的时间开始流动。

“你怎么在这里？”顾天海几乎是一字一顿地问扑进自己怀里的严沫。

“你刚才说的，都是真的吗？”并没有回答他的严沫反问道，“你说你喜欢我，是真的吗？你说你是为了我才来星海，是真的吗？”

“所以说你是笨蛋，那天我问你有没有话对我说，就是想告诉你我还是喜欢你，结果你还是逃跑了。”

顾天海紧紧地搂住了严沫的腰肢，两年不见，严沫似乎瘦了。但不管她变成什么样子，他都和两年前一样喜欢她。

“那你为什么一开始对我视若无睹？”

“不假装冷漠，又怎么知道你这两年来有没有变心。”

“真幼稚！”

“严沫，现在的你，还愿意做我女朋友吗？”

严沫没有直接回答顾天海，她用最实际的行动告诉他，在她心里，早就默认了他的存在。

顾天海惊愕地瞪大双眼，望着踮起脚尖凑上双唇的严沫。严沫闭着眼睛，仰着脖子，伸手拽着他的衣领往下拉。唇边的温湿将悸动传入身体，让那久违的恋爱的感觉，在微风吹拂的夏日，苏醒过来……

第九章

你是我的光，指引我前进

恋爱，有时候并不是一件那么容易的事情。这份不容易来自于身边的舆论和压力、来自于最亲的亲人、来自于想要破坏的人、来自恋爱的本身。

严洙第一次爱上一个人的时候，认为爱情是两个人感情上的互动，只要双方相互信任，相互关爱，就是爱情。

在经历过背叛之后，严洙对爱情有了新的看法：人心是会变的，即便是曾经最爱的人，也会有离自己远去的一天。

这样的想法持续到遇到顾天海之前，可当严洙遇上顾天海之后，她渐渐地发现，爱情比想象中简单。

因为真正的爱情，不会因为距离、时间、舆论或者其他而发生改变。它会在一次又一次的磨炼中，散发出更加耀眼的光辉。就如同闪烁在海面的繁星，会在黑暗中熠熠生辉，会让人成长，让人变得更优秀。

但当顾天海和严洙公开确认男女朋友关系之后，却又发现一切并没有想象中的那么简单。

因为年龄差，反对他们在一起的人有很多。第一个反对他们交往的人，是顾珍妮。从他们交往开始，顾珍妮就没有给过严沫好脸色看，在工作时，更是刻意为难她。

顾天海也因此和顾珍妮吵了好几次，希望顾珍妮不要干涉自己的感情。并不打算退让的顾珍妮当着公司所有人的面训斥严沫，说她老牛吃嫩草，不知廉耻。一心维护女朋友的顾天海吼了顾珍妮一句，并在一怒之下说出了让她“滚出星海”这样的话。

自尊心极强的顾珍妮头也没回，走出了星海出版社的办公大楼。在往后的半个月里，顾珍妮都没有在星海出现过。

因为顾天海对严沫的呵护，公司内的人都开始疏远严沫，渐渐地，嚼舌根的话开始传开。

“你们听说了吗，严沫是傍上了顾天海才当上主编的。”

“我听说严沫比顾天海大好几岁呢。”

“这年头，年纪小的男生都有恋母情结。”

“上次来公司找老板的那个女人和严沫好像是情敌呢。”

“你们说，严沫该不会是小三吧？”

聚集在饮水室冲咖啡的几个员工议论着，并不时发出啧啧的叹息。而隔开饮水室的，只是一道隔音效果极差的玄关门。玄关门外，正好是严沫的办公桌。

“既然有时间在这里聊八卦，那一定也有时间加班吧？”顾天海突然拉开了玄关门，正在搅拌咖啡的几个员工被吓得怔了怔，急忙闭上自己的嘴巴。

顾天海敛着手，一脸阴郁地看着她们，继续说：“你们去把历年的热销漫画都找出来，做同类市场对比分析，明天交给我手写版的结果。”

聚集在饮水室的编辑们大眼瞪小眼，快速地回到自己的办公桌，开始查找历年的热销漫画书籍。

坐在电脑桌前的严沫看着她们手忙脚乱的模样，忍不住轻笑。当她抬头对上顾天海视线的时候，顾天海冲她眯了一下眼，并轻轻扬起唇角，笑容烂漫。

“晚餐想吃什么？”顾天海走到严沫的办公桌，微微躬下身子，凑到严沫的耳侧说着。

公然表现恩爱的画面像一道刺眼的光，让整个办公室都灿烂无比。

严沫尴尬又幸福地笑了笑，没等她回答，顾天海又补充了一句：“牛津街新开了一家寿司店，下班我们去吃吧。”

“嗯。”严沫像小女人一样，轻轻地嗯了一声。得到满意答复的顾天海轻轻啄了啄她的脸蛋，转身走回办公室。

顾天海离开的时候，女编辑们纷纷地围了过来，她们一脸羡慕地询问着严沫收服男神的方法。严沫讷讷笑着，不知道该从何说起，最后避开这个话题，继续工作。

牛津街是这个城市最有特色的地方，这里的建筑物采用的是英伦风设计，和周围现代化设计的房屋有着强烈的对比，也完美体现了异国风情。这条街有许多餐饮店，是情侣们的约会圣地。

严沫虽然在这个城市生活了二十多年，但是还是第一次来牛津街。牛津街内布置了许多垂挂式花盆，紫罗兰和薰衣草的味道在风中弥漫着，沁人心脾。

顾天海牵起严沫的手，两人走在颜色复古的瓷砖路面上。夏天的风穿行而过，吹得不同店铺门外的风铃“铃铃”作响。

顾天海和严沫停在一家写着“明治寿司”的店铺门口，店铺的装修风格十分日式，门口站着两名穿和服的迎宾少女。她们用标准的日语说着“欢迎光临”，并随着顾天海和严沫的前进而拉开了门口的布帘子。

“我要吃很多三文鱼。”在顾天海面前像个小孩的严沫一屁股坐在了最里面的位置上，她指着挂墙上的三文鱼宣传照，笑容灿烂。

“那就点一个三文鱼宴。”顾天海看着严沫开心的样子，也忍不住轻笑出声。他就是喜欢严沫一脸天真的样子，喜欢她像阳光般灿烂的笑容。那样真实的笑容似乎可以化成融进生命里的温暖光芒。

“下个情人节的时候，我们在家里一起做饭吃吧？我们好久没有一起在家里吃饭了。”严沫一边翻着菜单，一边说着。

“好啊，不过这一次，轮到你做饭给我吃。”

“好好好，让你感受一下我突飞猛进的厨艺！”严沫有些嘚瑟地说。

这两年来，在“最爱沫沫”的料理教程分享下以及她不断地尝试中，她总算学会了做菜的技巧。现在的她，已经成功摆脱了“黑暗料理大师”这个头衔了。

顾天海看着严沫拍胸口信誓旦旦的模样，不由得“扑哧”笑出声来。

感觉自己被嘲笑的严沫努努嘴，翻了个白眼，随后认真地将菜单上所有的三文鱼食材点了一遍。站在她身旁的服务员拿着笔，快速记录着，并重复了一遍她点的东西。

“请问，您确定要点那么多三文鱼？”穿着和服的女生犹豫一下，询问道。

“嗯，没错。”严沫忙不迭点头，催促着服务员上菜。

女服务员礼貌地点头，迈着小步前去厨房下单。

不一会儿，日式的桌上摆满了和三文鱼相关的菜肴。严沫兴高采烈地将筷子拿起，合掌，并用日语说着：“我开动啦！”

“顾天海，你果然在这里！”就在严沫准备夹起三文鱼刺身的时候，叶紫欣突然闯入他们的视线。

“你跟踪我？”顾天海皱着眉头。

这两年来，他看在叶紫欣父亲的面子上，把叶紫欣当成妹妹般照顾。而叶紫欣仗着这一点，越来越任性，越来越变本加厉。她在顾少军和顾珍妮面前是乖巧的兔子，而在面对严沫的时候，就像狮子。她并不是自己的女朋友，却总是以女朋友的身份自居，这让顾天海十分头疼。

“你告诉我你们没有在交往！你告诉我她不是你女朋友！”叶紫欣指着正准备吃三文鱼的严沫，气得怒发冲冠。

“叶紫欣，严沫是我女朋友，我们也的确在交往。两年前我就说过，我喜欢严沫，而且不会改变。所以，我希望你不要再打扰我们。”顾天海无奈地叹了一口气，他肯定了严沫的存在，也肯定了他们的关系。

“我不相信你一点都不喜欢我。”叶紫欣说着，突然端起桌上的水往严沫脸上泼去。

严沫条件反射地闭上眼，并未能躲避迎面而来的柠檬水。严沫不知道叶紫欣为什么总是苦苦相逼，但现在的她，不会让自己处于弱势。

“叶紫欣，你不要再无理取闹了！”顾天海正准备起身训斥叶紫欣，而严沫比顾天海更快一步。她从原位站起身，将桌上的生抽泼到了叶紫欣身上。

黑色的液体从顾天海眼前飞溅出去，待他反应过来时，叶紫欣杏色的连衣裙已经被生抽染了色。生抽的纹路淌过叶紫欣化着妆的脸，叶紫欣张着嘴，惊愕地瞪着严沫。

“你敬我一尺，我还你一丈！”

“你居然敢用生抽泼我？”

“你该庆幸我还没有加芥末。”严沫敛着手毫不客气地说着，“麻烦你不要再缠着我的男朋友不放，我不是两年前的我，不会因为你们说的一些话就放弃自己喜欢的人。现在的我就是喜欢顾天海，就是要和他在一起，不管你再怎么无理取闹，我都不会让步。我会和他一起走进教堂，我们会有自己的生活，会有自己的孩子，如果你不想当小三遗臭万年，那就请不要随便说话侮辱别人，也不要动不动就泼水，我们没有义务承受你的脾气。”

“你……你！”

“你什么你？你要是想当电灯泡和我们一起吃晚餐，我也不会介意。但是我劝你最好先回家洗个脸换身衣服。”严沫不带喘气地说完自己想说的话，叶紫欣被气得发哑，却只能狼狈跑走。

叶紫欣离开之后，顾天海终于忍不住笑出声来。他第一次看到严沫这样奋不顾身地维护自己的爱情，第一次那么伶牙俐齿。

“顾天海，你这是在嘲笑我吗？”

“不敢，只是觉得你很可爱，哈哈哈……”

“分明就在嘲笑我！”

“没有，真的没有，哈哈哈……”

数月后。

严沫原本以为她会和顾天海一直好下去。他们会冲破世俗的阻碍，会在逆境中风雨共济。不管遇到什么事情，都不隐瞒对方。可有时候，那些来自自己内心的矛盾，会轻易地拉开两个人的距离。

严沫和顾天海虽然在同一个地方上班，但严沫渐渐地感觉到他们之间的距离越来越远。这种遥远，并不在于实际距离，而在于那来自不同的家庭和生活环境。

或许顾天海并没有察觉到，当他们一起参加社交活动和宴会的时候，严沫内心的恐惧和抵触。她无法和那些所谓的商业人士沟通，也无法在人群中发光发亮。她总是跟随在顾天海身边，保持着尴尬而沉默的微笑。她能从那些人的眼神中看出来，他们有多么不匹配。

严沫以为，顾珍妮和叶紫欣讽刺她的不优秀仅仅只是针对她这个人。可当她真的站在顾天海身边时，她却发现那所谓的不优秀，大概来自于不同的家庭背景，来自于不同的社交圈。

她无法很好地融入顾天海的社交圈，也无法很好地讨好顾珍妮。这些差别和差距，让严沫变得烦躁。也因为这些不同的价值观和社交领域，他们出现了分歧，也陷入了情侣之间的磨合期。

“我不赞成你将星海整合成一个商业模式的漫画出版社，你这样会让很多作者都无法按照自己的想法去创作，会扼杀很多真正具有实力的作者。”严沫站在顾天海的办公桌前，十分生气。

在十几分钟前，顾天海召开了员工大会，打算针对性地招募一批画手，按照市场要求去创作。而严沫向来反对这种商业模式的收稿方式，认为这样会打击画手们的创作力。

“严沫，你要明白，我们现在是一个企业。一个企业要运营下去，有很多事情是无可避免的。按照你的理念，我们出版社会出现成本大于利润的现象，这样我们会亏损，员工的工资和作者们的稿费都会得不到保障……而且，你要明白，真正具有实力的画手，是可以在逆境中找到新的发展方向的。”

“对对对，你说的都有道理，你说什么都是对的。只有我什么都不懂，什么成本，什么利润，什么工资，什么市场……既然我们的想法相差那么远，我们还在一起干什么？分手好了！”严沫气急败坏地说着。

当她说完这句话的时候，顾天海微微启唇，有些愕然。而她也陷入了沉默。她不知道是不是因为周围的压力太大，让她想要放弃这段三观不合的感情。

“严沫，你在胡说什么？什么分手不分手的？”顾天海将语气放平和了些，他绕过办公桌，轻轻地将严沫搂进怀里，“对不起，是我刚才态度不好，你不要生气好吗？”

“天海，你说，我们真的适合在一起吗？身边那么多人反对，也得不到家人的祝福。”严沫靠在顾天海的怀里，神色黯然。她越来越看不到他们的未来，越来越矛盾。

“在我心里没有合不合适，我爱你就是爱你，我也不会让任何人的反对成为不爱你的原因。”顾天海紧紧地握住严沫的手，他的视线突然落在了桌上的日历上。

日历上的今天，被红色的油笔画了个圈。顾天海忽然记起来，今天是七夕，他曾经说过要和严沫一起在家做饭吃。而突然忙碌起来让他们都忘记了这件事情。

“严沫，你就看在今天是七夕的份上，原谅我吧。”

“今天是七夕？”

严沫打了个激灵，扑身到办公桌上看日历。原本煽情的气氛一下子被破坏了，只留下眼角抽搐的顾天海。

“真的是七夕哎！”确认了今天是七夕之后，严沫显得有些激动，“终于可以让你感受一下我这个大厨的手艺了！”

“你的情绪变化也太快了吧？”顾天海扶额叹息。

陷入兴奋状态的严沫看了看时间，还有半个小时就下班，但她已经迫不及待地想跑去市场买食材。

“亲爱的老板，为了我能过一个愉快的七夕节，今天就允许我提前半小时下班吧！”

严沫眨巴着眼睛，期待地望着表情复杂的顾天海。在得到点头应允之后，她以火箭般的速度离开了公司。

顾天海看着她兴高采烈的背影，终于知道自己为什么会爱上她了。大概是因为她面对自己时能坦然展现自己的所有情绪。

“丁零零——”手机铃声突然响起，顾天海看到显示人是叶紫欣之后，选择了拒接。

而后，手机铃声又响了许多次，顾天海依旧没有接听，最后，他选择将叶紫欣拉入黑名单。

他现在已经有女朋友了，他不希望叶紫欣继续打扰他。

然而事情并没有他想得那么简单。在半个小时后，下班走向停车场的他接到了家里打来的电话。电话里另一头是顾珍妮愤怒的斥责声，斥责声里，还有医院心电图仪器的声音。

“顾天海，你这个混球，紫欣给你打电话你怎么不接？你知不知道紫欣现在在医院，紫欣要是有什么三长两短，你负责得起吗！”顾珍妮的话让顾天海心生恐惧，他并没有想过叶紫欣会出事故，他急忙开车赶往医院。

严沫做好了饭菜之后，百无聊赖地躺在大厅的沙发上等顾天海来敲门。她看着墙上的时钟，指针从六点到七点，从七点到八点。等到有些无聊的严沫开始刷微博，看看关注着的漫画作者有没有更新漫画。

严沫点开微博好友之后，就看到了顾天海的名字。在好奇心的驱使下，她点开了顾天海的微博，去看看这些年来他都发过些什么。

顾天海的微博很少，而且都是一些很无聊的段子。关于生活的微博寥寥无几，严沫关注了一下平时都有哪些人会评论顾天海的微博。在简短的微博下，出现频率最高的，是那个有着“顾珍妮”头像的用户。严沫顺手点了进去开始浏览。

顾珍妮的微博非常丰富多彩，大多数都是试妆的自拍。

“这两姐弟的性格也真的是一个天一个地。”严沫不由得感叹，在她准备退出微博的时候，顾珍妮新发的一条微博引起了她的注意。微博的图片是医院，而出现在医院病房的人竟然是——

“顾天海？”严沫一下子从沙发上弹坐起身，她点开图片，放大。

图片上的顾天海正紧紧握着病床上的人的手，而躺在病床上的是叶紫欣。叶紫欣怎么会在医院？顾天海不是要陪她过七夕吗？怎么会在医院陪叶紫欣？

严沫退出图片的时候，配图上面的文字直刺她的心房：七夕了，希望有情人终成眷属。

有情人，终成眷属？

手机从严沫的手中滑落，静静地落在沙发上。在许久之后，严沫拨打了顾天海的电话。电话响了很久，才被接听。严沫用异常冷静的声音问道：“天海，我在家里等你，你怎么还不来？你现在在哪里？”

“我，我突然有急事，我爸的公司出现问题了，我今晚要去处理一下。严沫，你先吃吧，不用等我。”顾天海结巴道，他并不知道电话另一端的严沫已经知道了他的行踪，也不知道严沫此时此刻的失望和失落。

“嗯，那你忙吧，我挂了。”严沫挂断电话，苦笑。

原来顾天海也把她当成傻瓜。为什么要说这样的谎话呢？还是因为顾天海也渐渐认为只有叶紫欣才能和他匹配？

这天夜里，严沫想了很多很多。或许，她无法接受一次又一次的背叛和谎言。或许，家庭背景差距太大的爱情，会让人心累。或许……她该放手了……

黎明将至的时候，从沙发上醒过来的严沫编辑了一条短信，她犹豫了片刻，选择了发送。

还在医院照顾叶紫欣的顾天海被短信提醒惊醒，当他看到短信的时候，瞳孔因为惊恐而紧缩。顾天海交代护士照顾叶紫欣之后，急忙离开了医院，赶往严沫家。

“严沫，开门。”顾天海到达严沫家后，不停地按门铃，但严沫并没有给他开门。顾天海只好敲打大门，并不停地拨打严沫的电话。在严沫的手机铃声响了十次的时候，大门终于打开了。

顾天海看到严沫之后，紧张地将她搂进怀里：“严沫，你怎么回事？为什么要提出分手呢？我不就是昨晚没陪你一起吃饭而已吗？”

“你昨晚真的是因为工作的事情吗？”严沫推开搂住自己的顾天海，她比以往冷静，也比以往不安。她既想听解释，又害怕听到谎言。矛盾的心情让人陷入混沌。

“临时有事，所以……”

“所以在医院陪叶紫欣吗？还说谎骗我。”

“严沫，听我解释，我只是怕你误会，所以说了谎。昨晚叶紫欣去酒吧酗酒，结果酒精中毒了，我姐怕她想不开，所以叫我去照顾她。”

“你应该留在医院照顾她的。”严沫神色黯然，她想起了顾珍妮瞧不起她的眼神。就算她和顾天海修成正果，她也无法被他的家人接纳。这样的感情，日后只会成为对方的负担，她不想要这样的感情。

“我知道我说谎是我不对，我发誓以后我不会再说谎！”顾天海慌张地竖起手指，对天发誓。

“我也说谎了。”严沫冷静地说着，语气里不带有任何感情色彩，“其实在我们分开的这两年间，我已经不喜欢你了。我之所以跟你在一起，是为了气你姐姐和叶紫欣。我想让她们知道，就算她们反对，你还是会选择我。我和你交往，不是因为喜欢你，而是别有目的。而且，我已经有喜欢的人了。与其一直骗你，不如现在跟你说清楚。我们分手吧，我已经不喜欢你了。”

“你说谎，我不信，你不可能喜欢别人，你说谎！”顾天海拽住严沫的手，逼她直视自己的眼睛。

愤怒和难过让顾天海的眼睛看起来布满血丝，严沫虽然心疼，但却保持着冷漠。

“那我明天带他来见你，证明给你看，我没有说谎。”严沫将自己的手腕抽走，并下了逐客令，“我累了，我想休息，你回去吧。”

顾天海看着突然对自己冷漠的严沫，心里特别难受。他想哭，却努力告诉自己不要掉眼泪。他站在被关闭的大门外，紧紧地攥着拳头。在强忍难过很久之后，才转身离开。

顾天海离开之后，就轮到严沫头疼了。因为刚才说话不经大脑，现在她不知道该去哪里找一个男朋友出来应付顾天海。

“刚才一定是脑进水了，才说那些奇怪的话。明明可以和好，却闹僵了。怎么办啊？去哪里找一个男朋友？”

严沫挠着头发在沙发上打滚，就在她万分苦恼的时候，手机显示屏弹出了QQ聊天窗口。“最爱沫沫”的聊天窗口弹了出来，严沫看着手机屏幕，心中生出一个狗急跳墙的想法。

“亲，有件事情想请你帮忙……”

翌日。

严沫拿着一个地址，坐上了出租车，去寻找那个叫“最爱沫沫”的人。昨天，她和“最爱沫沫”长聊了一天。并将事情的前因后果和自己的苦恼都告诉了“最爱沫沫”，也表明了自己并不想分手，但她害怕自己跟不上对方的步伐。她也不知道该怎么办，所以希望“最爱沫沫”可以帮帮她。

“最爱沫沫”十分仗义地答应了严沫，愿意假装她男朋友去见顾天海，却要求严沫登门拜访，以表诚意。

不怎么出远门的严沫拿着地址，坐了半个小时的出租车，终于来到了海边度假村。“最爱沫沫”说，他家就在度假村旁，靠着大海。

严沫从出租车内走出来的时候，咸咸的海风迎面拂来。“海泉湾度假村”这几个亚力克大字，在不远处高高挂着。

严沫在海边寻找着“最爱沫沫”所说的蓝色建筑物，她放眼望去，一栋蓝色屋顶的欧式别墅伫立在海滩上。

“我看到你了，你直接上来吧。”严沫正准备发QQ信息确认目的地时，“最爱沫沫”先一步发来了信息。

严沫抬头寻找着海边别墅上的人，而建筑物的玻璃贴了遮光玻璃膜，她只能看到那里反射出来的，刺眼的阳光。严沫条件反射地抬起手，遮挡着刺眼的阳光，然后朝着别墅走去。

别墅的大门是敞开的，所以严沫直接走了进去。门口到别墅一楼之间有一段鹅卵石小径，严沫一边欣赏着周围的园林景象，一边朝着“最爱沫沫”指定的方向走去。

“上二楼直走左边第一扇门，我在阳台。”“最爱沫沫”又发来了信息，他似乎对严沫的行踪了如指掌。严沫不由得在四周望了一圈，看看这里是不是安装了摄像头。

“不用找了，摄像头在你正上方的位置。”“最爱沫沫”再次发来了信息，严沫尴尬地低下头，继续往指定的方向走去。

严沫登上二楼推开左边第一扇门的时候，被室内的景象震惊到。震惊的原因并不是因为室内豪华的装修。而是因为这个房间里挂满了她的画像。而在靠着墙壁的书架上，则摆满了漫画书，其作者正是她。

“天啊，没想到会有这么喜欢我的读者！”严沫在心里激动呐喊，她迫不及待地想要跟站在阳台上的读者见面。

严沫加快步伐地走到落地窗前，停顿了片刻后推开落地窗，走上阳台。而阳台上，并没有人。

“怎么没人？”就在严沫困惑不解时，“最爱沫沫”发来了信息：“往外面的海滩看。”

严沫站在阳台上，眺望着不远处的海滩。白色的沙子裹着金灿灿的阳光，阳光下的蓝色海洋微波粼粼。而比这些更能引人注目的，是海滩上那几个大字——

“严沫，我爱你。”

在看到那几个字的时候，严沫心跳一顿。不是心动，她只是没想到一个素未谋面的读者竟会对她有这样的爱慕之意。

“严沫。”一个熟悉的声音从严沫身后传来。

严沫愕然转身，却见顾天海站在她身后。他穿着休闲随意，像是来这里度假般。并没有想明白是怎么回事的严沫往后退了一步，许久才说出一句话：“你怎么会在这里？”

顾天海笑笑不语，他掏出裤兜内的手机，迅速地输入了一行字。很快，严沫的手机QQ聊天窗口又弹了出来，上面的内容是：“因为某个笨蛋要我假装她男朋友，所以我就来了。”

严沫看了看聊天窗口，又看了看顾天海，顿时明白了一切。

“你就是‘最爱沫沫’？”

顾天海点点头，并将手机抬起，让严沫看看显示屏上的聊天界面。

原来，这两年来顾天海一直和严沫保持着微妙的联系，只是严沫这个反应迟钝的人从没察觉到“最爱沫沫”就是他。

严沫因为惊讶而轻轻捂嘴，一股温暖的感觉从她心里生出来。原来那个一直陪着她聊天，分享做饭教程给她的人，一直都是顾天海。从一开始顾天海就没想过要从她身边逃脱，只是她一直没有察觉。

“这两年来，我一直害怕你孤单，所以以这种方式陪伴你。因此，我比任何人都了解你，了解你是爱我的。我出现在星海，也是因为你跟我说过，你想见到我。虽然这两年来，我一直没有出现，但是在我的生活里，我的生命里，一直都有你的存在。”

接着，顾天海伸出手，轻轻地将严沫搂入怀中：“我的名字叫顾天海，这是我爸给我取的。这个名字的本意，是辽阔和容忍。像天一样，广阔无垠；像海一样，汇聚百川。”

“可辽阔的本意，让人迷茫，就如我遇见你之前的人生。我好像是茫茫大海里的孤舟，漫无目的地行走在这片辽阔之中。而你，是茫茫大海里的光，指引着我前进，让我拥有了方向。”

“天海，其实我，一点也不想分手，一点也不想……”严沫埋头在顾天海的胸膛里，忍不住抽泣起来。

顾天海更紧地搂住她，安慰道："我知道，这段时间是我忽略了你的感受，但我不会轻易放开你的手。我会成为你的避风港，不会再让你受到委屈。"

交叠的身影伫立在阳光下，颀长的阴影落在地上。在哭闹和拥抱过后，是和好的吻。

严沫依靠在顾天海的怀里，感受着他的温度，感受着那名为幸福的感觉。这天，他们敞开心扉聊了许多话题，严沫也了解了顾天海小时候的一些事情。

顾天海小时候发生过车祸，因为失血过多引起了休克。当时是叶紫欣给他输血，救了他一命。

所以从那时候开始，顾天海处处让着叶紫欣，并对她所有任性的要求言听计从。但后来因为一些事情叶紫欣和家人出国了，顾天海也开始了自己的生活。

在遇到严沫后，顾天海开始明白，有些感情，是不能因为感恩而言听计从的。

严沫静静地听着顾天海说着自己过去的事情，静静地看着他温柔的侧脸。当金色的黄昏洒落海平面的时候，她踮起脚尖，再次吻上了他的唇瓣。严沫说，过去的应该留在过去，他们会一起走向未来……

晚上，叶紫欣收到了顾天海的邀请，说是请她前往他家一同进餐。

叶紫欣想着，顾天海邀请她去家里吃饭，一定是打算肯定她的存在，一定是打算和严沫分手了。

于是心情大好的叶紫欣精心打扮了一番，并在心底数落着严沫。可当她来到顾天海家里的时候，她最先看到的画面是严沫和顾少军一起坐在沙发上聊天。

顾珍妮也和叶紫欣一样，并没想过顾天海会带严沫回家见家长的。所以在叶紫欣到达之前，顾珍妮还在和顾天海单独聊天。

“紫欣，你来了啊？”顾珍妮朝着叶紫欣的方向走去，而叶紫欣呆滞在门槛的位置，看着严沫灿烂的笑容，恨得咬牙切齿。

“珍妮姐，严沫为什么会在这里？”情绪失控的叶紫欣愤怒地指着严沫叫道。

她努力讨好顾天海的家人，可现在他们却轻而易举地接纳了严沫，并有说有笑，就像一家人一样。

“天海带回来的……”顾珍妮有些尴尬和为难，可她的话还没说完整，叶紫欣便上前叫嚣。

“她有什么资格在这个家里待着？”叶紫欣走到严沫面前，准备拽她出去，赶她出门。

“叶紫欣，这里是我家，你没有资格赶走这里的任何人。”顾天海甩开叶紫欣的手，并护在了严沫的面前，他用坚毅的目光望着叶紫欣，“叶紫欣，今天我把大家都叫来，就是要清楚地表明我的立场。不管你们用什么方法和手段，我都不会和严沫分开。我爱的人是严沫，不是你，希望你不要再打扰我的生活。”

顾天海转身，面向顾少军和顾珍妮，接着说：“爸，姐，我今天带严沫回来，是希望你们可以接纳她。严沫是我的女朋友，不管她的年龄是否比我大，不管以后会怎么样，我都不会放弃她。我希望能得到家人的祝福，但如果你们不能接纳她，我会带着她离开这个家，过我们自己的生活。”

“顾天海，我叶紫欣也不是那么不要脸的人。既然今天你把话说绝了，那我也不挤在你们中间。”叶紫欣愤恨的目光一直没有从严沫身上移开过，严沫躲在顾天海的身后，害怕直视那样的目光。

叶紫欣瞪了严沫一眼，气愤地离开了顾天海家。她的眼神仿佛在说：“我不会放过你的！”

叶紫欣离开顾家之后，顾珍妮陷入了沉默。

她突然明白，自己不能再继续逼顾天海和他不喜欢的人在一起了。而顾天海也是因为严沫才回到家人身边，才变得懂事和成熟。如果她继续阻挠，顾天海说不定会再次离家出走。

“爸可没有反对你跟谁交往，只要你们年轻人看对眼了就行。”顾少军看着顾天海奋不顾身的模样，忍不住笑了笑。他走到餐桌边，并招呼着他们过来一起吃饭，“过来一起吃饭吧，不然一会儿饭菜凉了就不好吃了。”

虽然顾少军表示不反对，但严沫却依旧站在原地不敢走向餐桌。她望着从她进门开始就没有给过她好脸色看的顾珍妮，似乎在等着顾珍妮开口。

察觉到这一点的顾珍妮虽然不想搭理她，但看在爸爸和弟弟的面子上，她还是将态度放缓和了。

“别站着了，过来一起吃饭吧。”顾珍妮语气生硬，但却没有赶严沫。严沫一怔，不由得从心里生出欢喜。顾天海牵过她的手，一起走向餐桌。

“这些粉丝真好吃。”找不到话题的严沫夸着餐桌上的“粉丝”，而顾珍妮忍不住发出一声短促的扑哧声。

“那是鱼翅。”顾天海抿唇笑了笑，继续吃饭。

严沫看着那碟鱼翅陷入尴尬。

顾天海为了让严沫感觉更自在，便开始讲起了家常和笑话。原本沉闷的气氛也因为顾天海变得活跃起来。

严沫突然觉得顾天海的家人也非常有趣，并不想表面上的那么难以相处。这一顿晚餐，似乎让严沫融入了顾天海的家庭，融入他的生活……

第十章

或许，最深情的告白就是陪伴

几天后，一切都好像回到了顾天海和严沫公开交往之前。

喜欢叱咤风云的顾珍妮又重新回到了星海，并全天候地监督着公司员工。懒散了几天的众人又从一个极端跳到另一个极端。但也有和原本不一样的地方，那就是顾珍妮对待严沫的态度。

大概是两姐弟进行了深层次的聊天，顾珍妮也察觉到了自己的不对。所以这几天她对严沫的态度大有改变。

一起上班的同事们再也没有见过严沫往来于顾珍妮的办公室，端茶递水这样的活已经取消了。不仅是这些，就连严沫工作上出现失误，顾珍妮也没有大声斥责，而是放低了语调纠正她的错误。

“市场分析不能这样写，还有，作品简介，有些画手写不好，你要帮着修改。”顾珍妮站在严沫的办公桌边，将她的不足一一指出来。

严沫小心翼翼地点头，生怕下一刻又被顾珍妮斥责。而顾珍妮用一种嫌弃的眼神看了看她，继续说道：“你看着我干什么？你看看你的市场分析都写了啥。”

严沫暗暗吐了吐舌头，急忙转过脸看着电脑屏幕上的文档。

这几天顾珍妮给她一种换了一个人的感觉，不知道是不是因为顾天海跟她说了什么。但这样相处起来似乎也不错。

“珍妮姐，我知道了，我会修改的，谢谢你提醒我。”严沫仰起头，冲顾珍妮一笑，随后开始认真修改。顾珍妮一怔，也会心一笑，似乎已经不像以前那样讨厌严沫。

“那你好好修改。”顾珍妮顺势地将垂在脸侧的长发拨到耳后，她微微昂首，不改傲慢，随即走回自己办公室。

顾珍妮走开不久，出去买快餐的“八卦收割机”便冲了进来。她将叠在一起的快餐盒放在台面上，一脸兴奋的表情。

“又有大事件了！”

“什么大事件？”被勾起兴趣的同事纷纷围了过去。

“该不会是你终于找到男朋友了吧？”喜欢调侃人的丽仁将手肘搭在杨清肩上，坏坏地笑了笑。

“滚！”杨清的回答简单而粗暴，她调整着自己的呼吸，然后缓缓道来，“还记得上次来我们公司的叶紫欣吗？听说她和一个模型设计师在交往，我是从她微博那里看到照片的，男朋友超帅的！”

“真的吗？快给我们看看。”

听到这里，严沫正在打字的手指停了停，模型设计师的称呼，让她不由得想起那个两年都没有再联系过的人。严沫不敢断定自己的猜测，但直觉告诉她，叶紫欣的事情还没有结束。

“给我看看。”严沫也走了过去，在那张微博合照被放大之后，她倒吸了一口气，像被施了定身咒般定在原地。

真的是李昊！

但是这两个人向来没有交集，为什么会突然走到一起了？

叶紫欣到底想做什么？她在想些什么？

“哟，今天真热闹。”叶紫欣的声音从门口处传来，她看着聚集在一起聊八卦的编辑们，有些不屑。

“真是说曹操，曹操就到。”有人小声说道，众人快速分散并回到自己的办公桌。

滞在原地的严沫望着叶紫欣，而后，她的视线跳过叶紫欣，落在了尾随在她身后的李昊身上。

李昊和两年前变化不大，不管是穿着，还是那让人难以猜测的笑容。他提着叶紫欣的斜挎包，表现得像个贴心男友。而这些，很久以前他也为她做过。

“你来这里做什么？”在叶紫欣走到严沫面前时，严沫才缓缓开口。

“带着你的前男朋友来见见你，哦，忘了介绍了，李昊现在是我的男朋友。”叶紫欣的眼神和语气都带着讽刺和针对。话说完，她顺势靠在了李昊身侧。

“严沫，好久不见，你还好吗？”李昊的目光从走进办公室开始便没有从严沫身上移开。

这两年来，他陆陆续续地交往了一些女生，但却再也找不到当初的感觉。渐渐地，他醒悟过来，最好的一直在自己身边，只是他没有好好地珍惜，并把前景当借口，伤害了对方。如果不是叶紫欣突然来找他，他想，他这辈子大概都不会再见到严沫了？

“我很好，谢谢关心，如果没什么事情的话，请你们不要打扰我们上班。”

“严沫啊，我有个问题想问问你。”叶紫欣笑容诡谲，她凑上前，在严沫耳畔说道，“看到曾经背叛自己的人和别的女人站在一起，是什么感受呢？”

严沫瞟了叶紫欣一眼，并没有打算回答她，而叶紫欣却没有打算收手，她继续问道：“哦，我记得你是在前男友劈腿的时候才选择了顾天海的吧？顾天海可曾经是我的……”

“对啊，如果没有背叛，我又怎么知道我值得拥有更好的人。”严沫嗤之以鼻，原本她不打算搭理叶紫欣，但叶紫欣这种人喜欢得寸进尺。所以，她也决定不留余地地反驳回去，“我又不像某人，选不到好的，就挑着别人的剩菜吃。”

“你说谁呢！”叶紫欣一下子愤怒了起来。她怒瞪着严沫，剑拔弩张的气氛在办公室散开，在座员工佯装埋头工作，实则好奇地偷听。

“谁回答我就说谁。”严沫毫不示弱，她抬起下巴，用同样傲慢的眼神看着叶紫欣。

顾天海在的时候或许叶紫欣还会有所收敛，但此刻她已经是破罐子破摔的心情，于是羞愤中她抡起手准备给严沫一个巴掌。但就在这时，顾天海办公室的门打开了。

听到声音的叶紫欣将手掌收成拳头，在顾天海看到这一幕前，缓缓放下。

走出办公室，看到外面的场景，顾天海不由得微皱眉头。他的视线落在李昊身上，那个曾讽刺他是小鬼头的情敌。

他来这里做什么？

顾天海心里暗想着，并面无表情地朝三人对峙的方向走去。

走近后，他站在严沫身旁，神色淡漠地问叶紫欣和李昊来这里有什么事情。

“杨清，去把这份表格打印三份……”恰巧，顾珍妮也拿着一份表格从办公室走出来。她原本的话还没说完，便停顿住了。眼珠子左右转了转，看着成对立阵营的四个人，迟疑地问道，“你们……这是，在干什么？”

“珍妮姐！”叶紫欣的声音瞬间转换成小妹妹般的娇羞。她走到顾珍妮身边，亲昵地挽着她的手臂，并兴高采烈地介绍起自己的男朋友，“珍妮姐，这是我的男朋友，我可是特意带来给姐姐看看的。”

“嗯，还不错。”顾珍妮上下扫了李昊一眼，她似乎不记得李昊是严沫的前男友，也不知道他们过去的恩怨。

“珍妮姐，下周我打算和李昊去野炊，你们也一起来吧。虽然我们没能成为一家人，但是我们还是朋友对吧？大家一起去野炊也算是和好了，你说对吧？姐姐。”叶紫欣摇晃着顾珍妮的手臂，像在跟自己的亲姐姐撒娇般。

顾珍妮有些难为情，毕竟之前收了不少叶紫欣送的礼物，但顾天海最后却没有选择她。在这件事情上，顾珍妮有些愧疚。这一次叶紫欣来求和，她总得给个面子。

“我和严沫是……”顾天海还没说完拒绝的话，顾珍妮便打断了他的话，并答应了叶紫欣："我们会去的。"

顾天海虽然一脸的不情愿，但看在姐姐的份上，他还是安静了下来。

叶紫欣满意地笑了笑，随即挽着李昊的手，假装恩爱地离开了星海。

严沫看着他们离开的背影，心里生出不安……

周三的时候，正好是重阳节，不少人都组团去登山。顾天海和严沫按照约定到达板障山下，和他们一起前往板障山的，还有瑶瑶和顾珍妮。

瑶瑶对野炊的兴趣并不大，她是看在严沫的面子上才跟来的。严沫之所以叫上她是因为顾天海的姐姐顾珍妮。

严沫和叶紫欣都带着男朋友去，而顾珍妮的男友在国外。

只身一人的顾珍妮夹在两对情侣中间无疑是一个金灿灿的电灯泡。

顾天海和严沫经过商量，决定对瑶瑶进行威逼利诱，这才有了瑶瑶陪同的画面。

"你叫瑶瑶？"坐在车内的顾珍妮主动和瑶瑶说话，她记得瑶瑶曾经夸过她有气质，"我是不是在服装专柜见过你？"

“嗯，那天你说要买皮草马甲，不过后来没有买就走了。”瑶瑶收回望着窗外的视线，转向顾珍妮。

顾珍妮优雅地跷着二郎腿，和她隔着一个座位的距离。她的语气随意，似乎不打算和瑶瑶靠得太近：“那天突然有点事情，就忘了。对了，你们专柜现在有什么比较时尚好看的夏装吗？”

“像你这种气质不凡的美女，穿什么都时尚好看！”嘴巴特甜的瑶瑶对顾珍妮进行高度赞美，做销售的她对于顾珍妮这种人最了解不过了。顾珍妮是典型的喜欢别人夸赞的人，只要多说几句好话，她就开心了。

“哪里哪里，我哪有你说的那么夸张。哎，对了，你们店买满多少才可以办理会员卡？我觉得你们专柜的服装都挺不错的，要不你添加我微信吧，以后有新款上市就第一时间发给我看看。”顾珍妮高兴得眉飞色舞，她掏出手机，并将屁股往瑶瑶的方向挪去。

最后，两人像好闺蜜一样聊起了时尚服装的话题。

坐在副驾驶座的严沫透过中央后视镜望向两人，不由得感慨：“看来带瑶瑶一起来是明智的选择。”

“到了，下车吧。”小车徐缓地停靠在路边，驾驶座的顾天海解开安全带，并宣布已到达目的地。

板障山是一座郁郁葱葱的大山，也是这个城市的著名景点之一，住在周围的人们都喜欢爬山。延绵在山中的人造阶梯像通往天空的梯子，而山下是一条隧道。车辆通过隧道，穿行在被大山隔开的马路上。

比他们更早来到集合地的是叶紫欣和李昊。叶紫欣朝着顾天海挥手，并示意他们走过来。

在所有人都到齐后，他们将后备厢的食材和工具都装进了背包里，几人又各自提了一袋，随后朝山上的平坡走去。

板障山也属于郊外的边界山，所以在跨过大山的时候，可以看到绿油油的草地和青蓝色的湖水。通向那里的是一条水泥阶梯，于是他们只能徒步走去。

轻风吹来了鸟语花香，板障山另一面的草地和湖水美得如同仙境。

彩色的小鸟点着湖面上的水，飞向树梢。湖面清得碧蓝，能将蓝天和白云倒映其中。

严沫觉得，这里也许就是国内的玻利维亚。

李昊和顾天海相互搭手，将野炊的材料和锅碗瓢盆准备好，并开始点火下厨。而顾珍妮和瑶瑶从国内的服装聊到了国外的服装，并目无他人的开始了合照模式。

严沫原本想帮顾天海，可叶紫欣硬是将严沫挤开，自己站在了顾天海身边，帮他洗菜、洗餐具。

和叶紫欣一样颇有心计的是李昊。

李昊端来了鱼肉丸和香肠，邀请严沫一起将它们串起来。

顾天海用余光瞟到李昊和严沫有说有笑，心里十分不悦。他将洗好的菜端到严沫和李昊面前，并将严沫牵走。

“天海，我帮你吧。”不死心的叶紫欣又挤了过去，想取代严沫的位置。而这一次，顾天海指着李昊的方向。

“你男朋友在那里，你去帮他吧。”

叶紫欣尴尬地笑了笑，十分不满地走到李昊身边，一起串肉丸子。

顾珍妮和瑶瑶将他们的言行举止都看在眼里，但作为旁观者，她们不好评价。所以她们选择在湖边自拍。

“天海，我们好像忘记带炭了。”不一会儿，叶紫欣又跑到了顾天海的面前。

顾天海动作迟疑片刻，当他正准备回答，取消野炊回家的时候，叶紫欣已经拉着严沫的手，并像好姐妹一样笑着：“我听说用柴火煮出来的东西格外好吃，不如我和严沫去山里找一些柴回来吧？”

“我跟严沫去吧。”李昊和顾天海几乎是同时说的，他们似乎都不放心严沫和叶紫欣单独相处。而当他们异口同声地说出这句话时，严沫尴尬了一下。

顾天海和李昊对上了视线，严沫仿佛能看到他们之间的火花四溅的视线。

“我们去就行了，你们两个就负责食材吧。”严沫也故作亲昵地牵住叶紫欣的手，没等顾天海和李昊开口，她们便走入了树林里。

山中的树木比想象中的更加茂密。

树上的落叶飘在地上，随着时间的推移而变得金黄，金黄的叶子和地上的绿色野生植物混为一体。远远看去就像一副浑然天成的山水画。

严沫认真地翻找着地上的枯枝，将捡到的枯枝收集在手中。而从一开始就没有打算捡柴火的叶紫欣敛着手，看着严沫认真的模样嗤笑。

“严沫，你该不会真以为我是想和你一起捡柴火吧？”叶紫欣走到严沫面前，正在弯腰捡树枝的严沫抬起头，叶紫欣居高临下地看着她，像在看待一个小丑。

“那你想做什么？”严沫将捡到的树枝放在了一边，她挺直腰板，无所畏惧地望着叶紫欣。

“你想知道为什么我喜欢顾天海吗？”严沫不知道该不该问为什么，但叶紫欣在她回答之前便开口了，“你跟我去一个地方吧，那里是所有故事开始的地方。”

语落，叶紫欣不由分说地拽住严沫的手腕，严沫只好跟着叶紫欣往林子深处走去。

在林子的深处有一间经过二次维修的木屋，木屋周围杂草丛生，好不荒凉。

严沫并不知道山里会有一间这样的小木屋，也不知道木屋的主人是谁。

叶紫欣带着她走进了木屋，一股浓郁的酒味氤氲在木屋外。而当严沫走进木屋时，叶紫欣用不锈钢锁头将门锁住了。

“我和顾天海第一次见面的时候，就是在这里。”叶紫欣将钥匙丢出屋外的草地上，她开始回忆着小时候发生的事情，“那时候我跟着爸爸来这里野炊，因为一时贪玩而点着了火。我被困在着火的屋子里，是顾天海闯进来带我出去的。那时候，我就想，等我长大了，我一定要嫁给他。可是后来，我妈妈得了心脏病，需要出国治疗。我在临走前，告诉顾天海，等我长大了要嫁给他。”

“回国之后，我到处打听顾天海的消息。得知他在我爸的公司实习之后，我也去了那里实习。我安排了一场像偶遇一样的相遇，我想着，顾天海再次认出我时，应该会很高兴。可在我出现之前，他却爱上你了。”

叶紫欣一边说着，一边将火柴点燃。她不怕死地将燃烧着的火柴丢出屋外，浇灌了烈酒的木板像遇上火的油锅，轰的一下烧了起来。

“你在干什么？”严沫用力地撞着锁起来的木门。

但是这间木屋是重新加固过的，所有的木材都是使用铁木制作的。

严沫撞向木门的时候，只觉得自己的骨头都要撞碎了。

“这间木屋燃成灰烬，大概需要半个小时，半个小时内，顾天海应该会来救我们。”叶紫欣一边咳嗽，一边疯狂地笑着，“你说这一次顾天海会救谁？救你？还是救我？”

“你疯了！你怎么可以拿自己的生命开玩笑？你考虑过你爸妈吗？考虑过那些关心你的亲人吗？不管顾天海救了谁，对于失去的那个人，他都会怀着内疚的心情过一辈子。这就是你想要的吗？”严沫拽住叶紫欣的双肩，用力地摇晃着她，希望能让她清醒一点。

“但我爱他！我不想失去他！”叶紫欣推开严沫，歇斯底里地吼着，“我明明那么爱他！”

“那你知道什么是爱吗？”摔倒在地的严沫站了起来，屋外的烈火将浓烟熏了进来，呛的她们一边对话一边咳嗽。

“爱就是无条件地为他付出，将自己拥有的都给予对方。”叶紫欣答复着。

“爱不是付出和给予，而是霸占，是自私，是为了让所爱的人爱自己，而不择一切手段。”严沫紧攥拳头，反驳道，“我在你身上，只能看到这些！”

“闭嘴！我知道我是爱他的就够了！”叶紫欣上前，狠狠地甩了严沫一巴掌。

“叶紫欣，我来告诉你，你爱的只是那时候的自己。”严沫抬手，也狠狠地回了她一巴掌，“如果你真的爱他，就不会一切以自己为中心。你爱上的，只是那个被宠爱的自己。”

时间一分一秒地流逝，大火逐渐吞噬着木屋。屋内的横梁也被火苗啃咬，不停地发出碎裂的声音。

严沫和叶紫欣对峙着，谁也不甘示弱。

就在这时，木屋上最细的那条横梁发出了木材断裂的声音。严沫抬头，往声源方向望去。

横梁是朝着叶紫欣的头部笔直落下的，而那横梁的重量足以敲碎叶紫欣的头盖骨。

“闪开！”严沫快速地扑向叶紫欣，两人朝着叶紫欣身后的方向摔去。

叶紫欣正要斥责严沫推倒自己的时候，一声撕心裂肺的惨叫声刺痛她的耳膜。她回过神时，那几十斤重的横梁压在了严沫的小腿上。

眼泪不受控制地从严沫的眼眶中坠落，小腿处传来骨头裂开的声音。而灼烧着横梁的火苗，已经窜到了严沫的小腿上。红色的火，和红色的血液混成触目惊心的一幕。

叶紫欣不由得尖叫起来，她急忙脱下自己的短袖披肩，扑灭横梁上的火。从来没有搬过重物的叶紫欣此时正用自己的短袖披肩裹着横梁，用尽全力将其抬起。

严沫动作缓慢地将压在横梁下的左小腿移开，并往后挪动了一小段距离。

又重又烫手的横梁从叶紫欣的手中脱落，失去重心的叶紫欣往后趔趄了几步，跌坐在地上。

然而另一根横梁不合时宜地坠落，叶紫欣身后的地板传来巨响，吓得她浑身哆嗦，泪水直流，不由得发出一声尖叫。

“叶紫欣，你过来这边，那边全是横梁，很危险。”疼得嘴唇发白的严沫说着，她努力地让自己靠着墙壁和地板成直角的地方。被吓坏的叶紫欣战抖着，急忙跑向严沫的方向。

浓烟不停地从外面窜进来，木屋内的二氧化碳已经渐渐的多于氧气。

“叶紫欣，你真的只带了一把钥匙吗？”严沫额头冒着冷汗，询问着叶紫欣。

“钥匙？对，钥匙！”叶紫欣慌乱地起身，她翻着裙子的口袋，寻找着备用钥匙。而就在她找到钥匙的时候，靠近大门的木柱倒了下来，死死地顶住了大门。

外面的大火窜了进来，缠绕在木柱上，发出灼人的高温。正要往前走的叶紫欣一下子退了回来，她蹲在严沫身边，捂着脸哭起来。

当她看到严沫的小腿被横梁砸断的那一刻开始，她终于意识到了自己的行为有多么愚蠢。而她即将为自己的愚蠢，付出沉重的代价。

“天海会来救我们的，你不要担心。”受了伤的严沫安慰着害怕到战抖的叶紫欣，她强忍着骨头碎裂的疼痛，浑身发颤。

“你的腿……”叶紫欣突然想起严沫的腿受了伤，她急忙凑到严沫身边，可她没有学过任何的应急知识。她双手微颤着，心里的恐惧化成浑身战栗，只是不住地说着，“严沫，对不起，对不起……”

烟雾从密林深处直上云霄，顾天海留意到了烟雾的位置。他急忙拨打严沫的电话，严沫的手机铃声在他身边响了起来。

严沫没有带手机！

“姐，快给叶紫欣打一个电话！”顾天海着急地跑到顾珍妮面前，没等顾珍妮退出自拍软件，他便夺走了她的手机。

他快速地找出叶紫欣的号码拨打过去。而叶紫欣的手机铃声也在原地响了起来——叶紫欣也没有带手机！

“那个方向是那间木屋。”顾天海不由得皱起眉头。

不祥的预感漫上心头。

顾天海朝着那个方向跑去，顾珍妮、瑶瑶和李昊也随着他跑向树林。

大火阻挡了他们继续前进的步伐，木屋外面就像裹了一层岩浆，熊熊燃烧着。

烈酒的味道在大火中弥漫着。一个可怕的想法在顾天海的脑海里浮现。

“严沫！叶紫欣！你们是不是在里面？”顾天海隔着火海大

喊着，随即听到两人大声呼救的回应：“天海！我们在这！”

顾天海全身一颤，他催促着顾珍妮叫消防车和救护车，随后跑回了湖边。

“快叫消防车！”乱了方寸的顾珍妮急忙掏出手机，准备拨打消防车的电话。而深山里的信号并不好，顾珍妮试了几次都无法拨通电话。

当顾珍妮焦虑不已的时候，浑身湿透的顾天海从不远处跑了过来。他将野餐垫也打湿了盖在身上，朝着大火的方向跑去。

“天海，你回来！”顾珍妮冲上前想阻止，而大火的热气让她条件反射地往后退开。心急如非的她催促着李昊也一起进去救人，而不敢拿生命开玩笑的李昊退到了一旁。

“现在火势太大，不能贸然行事，我到林子外去打电话找救援！”李昊拿着手机便从树林内跑出去。

顾珍妮和瑶瑶两个人不知所措地抱在一起，在短暂茫然后突然想起可以用水灭火，便又跑回湖边，用带来的水桶装上水，前来灭火。

“其实我，早就应该明白，感情的事情不能勉强。是我太执着了，不仅害了自己，还伤害了身边的人。严沫，如果我们还能活着出去，你会原谅我吗？”意识逐渐脱离身体的叶紫欣靠在严沫身旁，她不停地咳嗽着，因为无法呼吸而感到困倦。

“如果能活着出去的话……”严沫气若游丝地说着。

“严沫！严沫！你在哪儿？”一脚踹开大门的顾天海闯入了大火中，他在熊熊燃烧的火海里寻找着严沫的身影。

在找到严沫的时候，叶紫欣已经失去意识昏迷在地上。

顾天海急忙上前，将严沫抱在怀里，准备将她先带出去。而严沫紧紧地拽住了顾天海的手，摇着头。

“天海，先把叶紫欣带出去，她已经昏迷过去了，再不出去，可能会窒息。”

“可是……”

“不要犹豫，我不想你因为救我而背负一辈子的内疚。”严沫用尽全力推开顾天海，顾天海皱了皱眉头，看向昏倒在地的叶紫欣。他内心挣扎了几秒，随后快速地将打湿的野餐垫裹在严沫身上。他看了严沫一眼，转身背起叶紫欣冲出木屋。

顾天海准备折回去救严沫的时候，李昊已经带着消防人员来了——森林附近就有常驻的消防人员，为了确保意外发生时能及时得到救援。

顾珍妮和消防人员拽住想要往火海里冲的顾天海，让他冷静下来，等待消防人员灭火施救。

消防人员分成两批行动，一部分人快速用隔离带将周围可以燃烧的花草树木隔离，另一批则牵引水柱来灭火。在火势得到控制的时候，几名消防人员才冲进去救人。

严沫被消防人员扶了出来，等候在外面的医护人员也急忙上前帮忙将她放在担架上。

昏迷的严沫和叶紫欣都被医护人员用担架抬着上了救护车，顾天海跟着医护人员上了救护车，而顾珍妮和瑶瑶乘坐李昊的小车尾随在后。

急救室外。红灯刺眼的亮着，四人不安地来回踱步。

叶紫欣并没有什么大碍，只是吸入的二氧化碳太多导致昏迷。而严沫的小腿骨折，背部被烧伤，已经被推进手术室一个小时了。

不知不觉又过了半个小时，从普通病房醒过来的叶紫欣也急忙赶来急救室。急救室门外的顾天海一脸怨怒地瞪着她，若不是看在她是女生的份上，他早就动手打人了。

“叶紫欣！你看看你都干了什么！”顾天海怒斥着，而顾珍妮走到他们中间，防止他们在医院发生口角。

“事情已经发生了，现在最主要的是严沫的安危。”

“是我不对，我不应该拿自己和别人的生命开玩笑。我知道的，这一次你不会再原谅我了。”叶紫欣垂下眼帘，收起了曾经的傲慢和锐气。就在她准备问问严沫怎么样的时候，手术室的门由内打开了。

护士推着严沫走出手术室，穿着白大褂的医生摘下口罩，跟随在后。

“医生，我女朋友怎么样了？”

“小腿骨折已经接回去了，石膏要打三个月。另外，病人的背部上部被火烧伤，属于Ⅱ度烧伤，虽然不需要进行植皮手术，但会留下疤痕。你们去给病人办理住院手续吧，病人需要留院治疗和观察。”

“我现在就去办理住院手续。”顾天海点点头，拿着自己的证件和钱包去了交费处办理入院手续。

李昊跟着推病床的护士去了特护病房，他看着严沫昏睡在病床上的模样，十分自责。原本他只是想通过叶紫欣重新夺回她，可他从来没有想过会伤害到她。

“严沫，其实我就是一个三心二意的渣男。”李昊站在严沫的病床前，顾珍妮和瑶瑶还在走廊外面向医生咨询情况，而顾天海还没回来，“我享受着别的女生对我的好，又想霸占你给的爱。其实我根本不配得到你的喜欢和原谅。我总是在不经意间，一次又一次带给你伤害，让你难过。我以为我一直舍不得的是你，我以为我还深深地爱着你。可当你被困在大火里，我却害怕闯入火海的那一刻起。我才明白，原来我爱的，也只是那时候你爱着我的感觉。”

“我以为我会给你最好的生活，最好的爱情。可一直以来，我都在做着伤害你的事情。我就像懦夫一样，在你受伤的时候害怕靠近。现在想想，我真的不如顾天海那个小鬼头。”

“严沫，我想我以后不会再打扰你的生活了。以后，你要好好的，开开心心的。”李昊弯下腰，轻轻吻了吻严沫的额头。随后，他朝着病房的门外走去，再也没有回头，也不再依依不舍。

或许，每个人都有自己需要前进的方向。在前往那个方向的路上，我们会失去很多，那些曾被我们视为珍贵的回忆，会停留在沿途，成为一道美好而又悲伤的风景。而我们，怀着美好，怀着伤感，怀着各种不同的情怀，渐行渐远……

严沫醒来的时候，顾天海正握着她的手，轻轻地撑着下颚，坐在病床边睡着了。严沫看着自己打了石膏的小腿，小腿用绷带绑着，挂在了床脚的架子上。

口干舌燥的严沫轻轻地唤着顾天海的名字，听到声音的顾天海一下子就醒了过来。他心疼地看着严沫，随即给她倒了一杯温开水。

“小腿还疼吗？”

严沫摇了摇头，随即又微微皱眉，似乎小腿的麻醉剂已经失效了。

“叶紫欣怎么样了？”

“她没事，她让我跟你道歉，并保证以后不会再做这种害人害己的事情。”

“那你下次见到她的时候，替我告诉她，我已经原谅她了，让她不要自责。”为了体现自己的宽容大量，严沫说着十分懂事的话。毕竟她比叶紫欣多吃了几年米，小妹妹犯错，做大姐姐的还是要有肚量的。

顾天海看着严沫丰富的表情，忍俊不禁，不由得嘲笑严沫把心里所想的话都写在了脸上。

严沫白了顾天海一眼，恨不得现在就下床追着他打一顿。

在严沫住院的这段时间里，她并不知道自己的背部会留下了不可磨灭的疤痕。她依旧每天享受着顾天海和瑶瑶的轮班照顾，在医院吃好喝好。

瑶瑶有时候跟她聊天的时候会暗示她一些事情，但神经大条的她并没有听出什么来。

顾天海负责严沫一日三次，而瑶瑶负责给她洗漱。

严沫的小腿骨折不能沾水，背部烧伤也不能随便沾水。所以在住院的这几个月里，严沫觉得最痛苦的事情就是上厕所和洗澡。她在心里暗暗地说着，等她出院了一定要好好的泡个澡，泡个几小时，把身上所有的污渍和角质搓干净！

每天都很开心的严沫并不知道自己会面临着什么，因为所有人都瞒着她，不告诉她关于伤疤的事情。

一个月后，严沫已经可以出院了。顾天海和瑶瑶前来陪她办理出院手续，并送她回家。作为闺蜜的瑶瑶暂时留在了严沫家里，照顾她的日常起居，等她的小腿可以拆石膏了再离开。

终于可以自己洗澡的严沫兴高采烈地杵着枴杖去久违的浴室，可当她脱去身上的衣服时，她看到了镜子里丑陋的自己。

她的背部从后颈到腰椎都是烧伤的疤痕，那些疤痕像藤蔓一样密布着，丑陋无比。

在看到自己留下疤痕的背部之后，严沫惊愕地张大嘴巴，却发不出声音。那一刻，眼泪像断线的珠子，从眼眶中滚落。

那一刻，她好像明白了大家对她无微不至的原因。他们都在可怜她，同情她。可她，又怎么能受得了这样的同情和可怜？她现在这个样子，顾天海一定很嫌弃，而心地善良的他，一定满怀愧疚。

想到这里，严沫泣不成声。她知道顾天海不会丢弃她，可她过不了自己心里这个坎，过不了……

顾天海是在严沫拆石膏的那天跪下来求婚的。他捧着一大束红色的玫瑰花，单膝跪在医院的门口，迎接和瑶瑶一起走出来的严沫。

这天，阳光正好，天气正好，仿佛一切都在为这一刻做好准备。而严沫，神情复杂地看着跪在自己面前的顾天海。

她无法前进，也退无可退。她既感动又难过，在等待拆石膏的这两个月里，她想了很多。

如果他们继续走下去，总有一天她的伤疤会成为对方厌恶的理由。她的伤疤，会成为对方内疚的理由。顾天海对她的爱，可能会因为她背上的伤疤，渐渐变成可怜、同情、内疚。她不想要这样的爱情，也接受不了残缺的自己。

在顾天海举起戒指盒子，准备打开的时候，严沫摇摇头：“我不能接受你的求婚。”

“为，为什么？”顾天海和瑶瑶同时发出了惊呼。

他们一直以为严沫会感动涕零地点头，然后顾天海会为她戴上戒指，他们会幸福地走下去。

“我们暂时分开一段时间吧，我需要时间冷静冷静。我知道我的背部烧伤了，留下了不可磨灭的疤痕。我不希望你们是因为这样而对我好，我不想要这样的同情。我也希望你冷静下来想想，你真的要娶一个一辈子带着烧伤疤痕的女生吗？等我们都想清楚了再说吧。”

严沫从顾天海身前绕过，她没等顾天海追过来，也没等瑶瑶追过来。她独自上了一辆停靠在路边的出租车回家了。

严沫出院之前便递上了辞职信，因为批准辞职的人是顾天海，所以她出院后再也没有去过星海出版社。

后来，收拾好心情的严沫又开始了自己的创作。而顾天海，也按照约定没有再打扰她，没有再联系她。瑶瑶看着严沫重新振作了起来，这才开始放心回到自己的生活，不像个老妈子似的围着她转悠。

说实话，她都觉得自己那段时间有些烦人了，后来严沫还打趣她以后一定会是个好妈妈。

瑶瑶虽然经常约严沫出来吃饭，但严沫却以创作为由，屡次拒绝瑶瑶。到后来，瑶瑶每到吃饭的时间，便直接在QQ上询问严沫，问她需不需要打包。早就学会做饭的严沫每次看到瑶瑶发来的疑问句都觉得好笑，但笑过之后又觉得，有一个老问自己要不要打包快餐的闺蜜也是一种幸福。

至于叶紫欣和李昊，严沫早就原谅他们了，也希望他们不要再介入自己的生活。

叶紫欣因为愧疚选择去了另一座城市工作生活。

李昊开始了环球办模型展的旅程。

只有顾天海不知去向，也再也没联系严沫。

严沫想，顾天海大概想清楚了，也不会再对她感兴趣了吧。

渐渐地，严沫又习惯了一个人的生活。

顾天海的不联系也让她明白，大家都是成年人，并不是没有谁就活不了。

她开始接受自己的伤疤，开始走出那片阴暗，也学会了一个人的坚强。

其实就算没有顾天海，就算没有瑶瑶，她也能过得很好。

就是，有些无聊。

这种无聊，是有期限的。如果要给这个期限一个准确的数字，严沫觉得，大概是九十天。

“好无聊。”严沫一边上网，一边修改着自己的画稿。

从上次的意外到现在，已经不知不觉过了半年。这半年里，她从炎夏到寒冬，从一个极端到另一个极端，最后她发现，一切好像都归于平淡了。

“不如找个人来合租吧？”严沫登录了租房网，她填好信息之后，犹豫了一会儿。但一想到再没有收入就要吃土的现状，她果断地点击了提交。

提交成功之后，严沫开始继续画画，而且很快就忘记了这件事情。

三天后。

严沫家的门铃突然响了起来。她一边寻找着沙发下的毛绒拖鞋，一边将刚撕开的薯片放在茶几上，穿好鞋后优哉游哉地走向大门。

她透过猫眼往外面看看。只是猫眼不知道被什么挡住了，啥也看不到。

“猫眼怎么看不到外面了？”严沫好奇之际，门铃又响了起来。严沫只好从里面开锁，将大门打开。

站在门外的，是穿着毛衣的顾天海。而那件毛衣，是她原本想要丢掉的那件。

顾天海站在门外，和严沫第一次看到他的时候一样清秀。他温柔地笑着，并将放在背后的手举起，停顿在严沫面前。

严沫愕然地看着他，他缓缓地单膝跪下，将深蓝色的戒指盒打开——棱角分明的透明钻戒折射着耀眼的光芒，钻石的每个角度都能倒映出严沫惊喜又感动的表情。

“请问严沫小姐，这枚戒指够不够付我一辈子的房租？”

那一刻，严沫红了眼眶，她因感动而难以言语，除了忙不迭地点头之外，她不知道自己还可以说什么。

或许，最深情的告白，就是陪伴。

顾天海一把将严沫搂进怀里，紧紧地拥着她：“你之前说，害怕我是因为同情你而陪在你身边，所以要和我分开一段时间，让我冷静冷静，并想清楚。而在这段时间内，我有很认真地思考这个问题。答案也早就想好了。”

“严沫，你听好。不管你变成什么样子，我只会因为爱你、珍惜你而守在你身边。我从没想过会因为可怜和同情而留下来，可我依旧不敢联系你，因为我在等待，等有一天你可以接纳不完美的自己。”

顾天海轻轻松开怀里的严沫，他眸子里的清亮宛如一泓深潭，潭里沉淀着无尽的柔情。

严沫就这样看着那一泓清亮的目光，被这样的柔情包裹着。恨不得时间停住。

只是这原本美好的画面，被一阵咕噜声打破了。

顾天海看着严沫发出声音的肚子，忍不住扑哧一笑。

“你想出去吃大餐呢，还是在家里做饭吃？”

“我想……吃了你……”严沫开玩笑地扑进顾天海的怀里，但顾天海却不准备把这句话当成玩笑。他打横抱起严沫，进屋后用脚将大门合拢，并朝楼上走去。

“你，你干吗？”像小鸡仔一样缩在顾天海怀里的严沫咽咽口水道，也不由感叹：几年前的顾天海还是个小毛孩，现在却能这般轻易地抱起自己，果然令人刮目相看。

“当然是满足你的要求啊。”顾天海得意地笑着，“你不是要吃我吗？”

“我，我开玩笑的！”严沫一脸绯红。

“但我不想开玩笑。”

“顾天海！我可不是那么随便的人，虽然我喜欢你，我也接受你的喜欢，但是……但是我不会随随便便把自己交给你的！至少也要等到婚后！”

“我知道，所以我不是带戒指来了吗？婚也求了。”

严沫瞪大眼，被堵得哑口无言。

这小子怎么好像跟以前不一样了啊？小绵羊变成大灰狼，那她以后还有没有威信啊？

顾天海似乎看出她心中所想，宠溺地笑道：“婚后你说了算，当然，除了个别时候。”

“什么个别时候？”

“比如现在。”

-完-